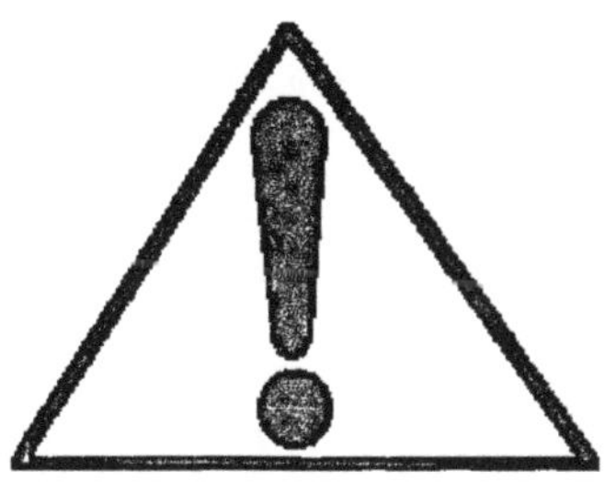

CE DOCUMENT A ÉTÉ MICROFILMÉ
TEL QU'IL A ÉTÉ RELIÉ

Joachim Du Bellay

LETTRES DE

JOACHIM DU BELLAY

IL A ÉTÉ TIRÉ DE CE LIVRE

PAR P. MOUILLOT IMPRIMEUR A PARIS

TROIS CENTS EXEMPLAIRES

NUMÉROTÉS

NUMÉRO *161*

LETTRES DE
JOACHIM DU BELLAY

PUBLIÉES POUR LA PREMIÈRE FOIS

D'APRÈS LES ORIGINAUX

PAR

PIERRE DE NOLHAC

MEMBRE DE L'ÉCOLE FRANÇAISE DE ROME

AVEC UN PORTRAIT INÉDIT ET UN AUTOGRAPHE

PARIS. CHARAVAY FRÈRES ÉDITEURS

4 rue de Furstenberg

1883

INTRODUCTION

INTRODUCTION

On ne connaissait jusqu'à ce jour aucun autographe de Joachim du Bellay. J'ai eu la bonne fortune de mettre la main sur huit de ses lettres originales, qui, grâce au silence des catalogues, gisaient ignorées à la Bibliothèque nationale de Paris.

La première est tirée d'un manuscrit du fonds latin, nº 8589, qui contient la correspondance de Jean de Morel, gentilhomme d'Embrun, en Dauphiné, maréchal des logis de Marguerite de France, duchesse de Berry et plus tard gouverneur du bâtard d'Angoulême. C'était le meilleur ami de Joachim du Bellay, « son Pylade », comme l'appelle le poète en tête de l'élégie latine bien connue qu'il lui adresse[1].

[1] Tous ceux qui s'occupent du XVIe siècle savent l'importance de ce personnage dans le mouvement littéraire du temps. Après avoir beaucoup voyagé, après avoir été lié avec Erasme dont il

Les autres lettres proviennent du fonds français,
n° 10485. Le manuscrit qui les renferme est formé
d'un assez grand nombre de lettres reçues à Rome par
le cardinal Jean du Bellay. On y trouve des autographes de tous les cardinaux français du temps, les
cardinaux de Bourbon, de Vendôme, de Lorraine, de
Guise, de Châtillon, de Tournon, d'Armagnac, etc., et
de plusieurs prélats italiens et allemands. Les lettres
de famille y tiennent une certaine place. On en
rencontre d'abord d'Eustache du Bellay, évêque de
Paris, et neveu à la mode de Bretagne du cardinal,
au même degré que l'était Joachim (ff. 160-165); je
les reproduirai en appendice parce qu'elles parlent
du poëte, sous le nom de « Monsieur de Liré »[1], ou
font mention des mêmes faits que lui. Viennent ensuite
une série de lettres des frères du cardinal, René du
Bellay, l'évêque du Mans[2] (ff. 166-174), et Martin du

reçut à Bâle le dernier soupir, Morel s'était fixé à Paris. Il y mourut en 1581. La docte femme qu'il avait épousée, Antoinette de
Loynes, avait contribué à faire de sa maison le rendez-vous favori
des poètes et des érudits. V. les notes sur la lettre 1 de J. du Bellay;
celles de M. Tamizey de Larroque aux *Sonnets exotériques* de
G.-M. Imbert, réimprimés par lui en 1872; La Croix du Maine,
Bibl. t. I, p. 55, 99, 557; Scév. de Sainte-Marthe, *Elog.*, Liv. III
(p. 78 de l'éd. de 1630).

[1] Liré, Lyré ou Lyray, dans les Mauges, à douze lieues d'Angers,
immortalisé par un vers des *Regrets*, était le lieu de naissance et la
seigneurie de Joachim du Bellay. Les lettres de sa famille ne lui
donnent pas d'autre nom que celui de cette terre.

[2] Les lettres de René du Bellay sont au nombre de sept. Elles sont

Bellay, l'historien [1] (ff. 175-181); deux de Jacques du Bellay, frère d'Eustache (ff. 192-193); enfin, trois lettres de Joachim (ff. 182-186) à son illustre parent, et, immédiatement après, quatre autres sans suscription, adressées évidemment à Morel (ff. 187-191), qui trouvent place, on ne sait pourquoi, dans cette correspondance de famille [2].

Une autre lettre, la septième de notre édition, est dans le manuscrit 8584 du fonds latin. Le volume a pour titre : *Latinæ et Gallicæ clarorum virorum epistolæ ad Joannem cardinalem Bellaium scriptæ.* Il comprend la correspondance de divers savants : Sleidan, Sturm, Pomeranus, Latomus, Salmon Macrin, etc. Les deux derniers feuillets sont occupés

signées « R. Dubellay, e. du Mans ». La seule qui soit datée est du 27 avril 1545, et nous savons que René occupa le siège épiscopal du Mans de 1535 à 1546 (*Gall. Christ.* t. XIV, 414 B). Un manuscrit de Montpellier, dont il sera question plus bas et qui contient une copie de toutes les lettres dont je parle ici, a induit en erreur M. Revillout et, après lui, MM. Burgaud des Marets et Rathery (*Œuvres de Rabelais*, deuxième éd. t. 1, p. 48), en leur faisant ajouter à la liste des frères du Cardinal un certain Joachim, qui aurait été, comme Jean et comme René, évêque du Mans. L'original de la Bibl. Nationale ne permet plus de croire à l'existence de ce personnage, dont mention ne se trouve nulle part.

[1] On trouve des lettres des quatre frères du Bellay (Guillaume, Martin, Jean et René) dans le vol. 269 de la collection Dupuy.

[2] Si leur contenu et la formule dont se sert Du Bellay « vostre frère, serviteur et amy » ne suffisaient pas à l'établir, on n'aurait qu'à comparer l'écriture des notes mises au dos avec celle de Morel, telle qu'elle se trouve au ms. 8589 du fonds latin.

par une lettre qui est de Joachim, mais qui ne porte pas de signature. La formule finale est restée inachevée : tout indique qu'on est en présence de la copie d'une lettre au Cardinal. Malgré une certaine analogie dans l'écriture, les particularités d'abréviations, d'orthographe, les fautes dans la transcription du latin, le caractère des ratures nombreuses qui s'y rencontrent, m'empêchent de croire que cette copie soit de du Bellay lui-même. Mais l'importance de la lettre exigeait que l'auteur en gardât un double et celui-ci lui a vraisemblablement appartenu ; c'est, en effet, une sorte de mémoire justificatif, où Joachim réfute successivement les accusations calomnieuses que la publication des *Regrets*, à son retour d'Italie, lui avait values auprès de son oncle.

Les lettres à Morel font allusion aux travaux littéraires de Du Bellay ; mais les lettres au Cardinal, sauf la dernière dont je viens de parler, sont presque uniquement des lettres d'affaires [1]. Le poëte était revenu d'Italie, après avoir exercé auprès de Jean du Bellay, de 1552 à 1555, les fonctions d'intendant de sa maison. Il avait gagné là (au prix de quels sacrifices, les *Regrets* nous l'apprennent) la confiance du Cardinal. Celui-ci résolut d'utiliser, lors du retour en France de son

---

[1] La volumineuse correspondance diplomatique du cardinal du Bellay, disséminée dans différents recueils, ne contient, malheureusement pour nous, aucune réponse aux lettres de ses neveux.

neveu, ses aptitudes et son dévouement. Il avait occupé,
parfois simultanément, plusieurs sièges épiscopaux en
France, Bayonne, Paris, Limoges, Bordeaux, Le Mans;
bien qu'il eût été obligé de les abandonner à des
parents ou à des amis, à cause de la prolongation de
son séjour à Rome, il s'était réservé certains droits
dans leur administration[1], et notamment, pour
l'évêché de Paris, il gardait le plus important de
tous, la collation des bénéfices[2].

Pour seconder ses « custodinos » (comme on appe-
lait alors les prélats qui administraient un évêché

---

[1] A la fin de sa vie, Jean du Bellay intervenait encore dans le
gouvernement du diocèse de Paris, résigné par lui en 1550 à
Eustache du Bellay, du diocèse du Mans, dont Charles d'Angennes
avait été investi en 1556, et du diocèse de Bordeaux, dont le
titulaire fut, de 1553 à 1558, François de Mauny; pour ce dernier
archevêché, il reprit son titre, *via regressus*, à la mort de Mauny,
mais pour le garder peu de temps, puisqu'il mourut à Rome le 17 février 1560.

[2] Il avait obtenu, dès 1533, dans un voyage qu'il fit à Rome, après
sa nomination à l'évêché de Paris, pour prêter serment devant le
sacré collège, le privilège de conférer directement et sans partager
ce droit tous les bénéfices de ses diocèses. « Indulsit ei summus
pontifex bulla data 2 martii 1533, ut omnia beneficia tam secularia
quam regularia ratione Parisiensis ecclesiæ aut aliarum ecclesiarum,
quibus præerat vel præerit, ab ipso dependentia conferre libere posset,
quam approbavit concessionem Franciscus I, die prima octob.
1534. » (*Gall. Christ.* t. VII, 160 D.) Les lettres de Joachim et de
l'évêque de Paris le montrent exerçant ce droit sans quitter Rome,
et nommant aux prébendes et aux abbayes d'un diocèse qu'il n'avait
pas vu depuis douze ans. Les décisions du concile de Trente parvin-
rent à grand'peine à faire disparaître ces abus.

appartenant en fait à un autre), et pour surveiller la gestion de ses revenus français, qui lui permettaient d'entretenir à Rome un grand train de maison, le Cardinal du Bellay avait besoin de mandataires fidèles et éprouvés. Joachim [1], qui lui offrait toute garantie, fut chargé de concourir à l'administration du diocèse de Paris, et les lettres qui suivent nous le montrent exerçant les pouvoirs de vicaire général [2]. Ces délicates fonctions lui valurent plus de déboires qu'elles ne lui promettaient d'honneur. Sans cesse en lutte avec les vicaires de l'évêque de Paris et avec Eustache du Bellay lui-même, menacé dans sa faveur auprès du Cardinal par des dénonciations qui partaient de sa propre famille et qui s'en prenaient non seulement à l'administrateur, mais encore au poète, aigri

[1] Le portrait d'homme mûr reproduit au regard de cette page vient de la Bibliothèque Nationale; c'est un crayon assez imparfait, qui se trouve au cabinet des Estampes, dans un cahier numéroté N a 27 (Pl. 5). M. Bouchot, qui a bien voulu me le signaler, estime que c'est un croquis d'après nature fait par un élève de Jean Cousin, à qui aurait appartenu le cahier.

[2] Était-il dans les ordres? C'est à peu près certain. Il avait le titre d'archidiacre de Notre-Dame. C'est ainsi du moins que Guillaume Colletet traduit ces mots de Sainte-Marthe : *In B. Virginis æde in qua sacerdotium præcipuæ dignitatis obtinebat.* » (*Elog. Lib. I.*, éd. de Poitiers, 1602, p. 41). V. Revillout, *Mémoires lus à la Sorbonne dans les séances des Sociétés savantes en 1867...* Imprimerie Impériale, 1868, p. 381. Quant à l'archevêché de Bordeaux, dont le cardinal aurait été, dit-on, sur le point de se démettre en faveur du poète, les lettres n'en font aucune mention.

PORTRAIT DE JOACHIM DU BELLAY

par ces misérables soucis et par sa surdité croissante, attristé par le départ pour la Savoie de sa chère protectrice, la duchesse Marguerite, nous pouvons retrouver dans ces lettres les causes principales de l'accablement profond dont ses vers portent la marque et qui a certainement hâté sa mort.

Toutes les lettres conservées de J. du Bellay appartiennent aux derniers mois de sa vie (juillet-décembre 1559). On sait qu'il mourut d'une attaque d'apoplexie, le 1er janvier 1560, peu de semaines avant le Cardinal. Il avait à peine trente-cinq ans et se trouvait dans tout l'éclat de sa gloire; il partageait avec Ronsard le titre, si retentissant alors, de rénovateur de la poésie française[1]. Mais plus que Ronsard, Du Bellay avait éprouvé des souffrances et des mécomptes, et sa correspondance nous révèle les embarras d'affaires et les discordes de famille qui achevèrent d'attrister ses derniers jours.

[1] Leurs deux noms sont souvent réunis dans l'admiration contemporaine. Je citerai ici un témoignage inédit, que je tire des lettres reçues par Morel (f. 55). Un naïf et enthousiaste gentilhomme, qui fut ambassadeur en Espagne, Forquevaulx, lui écrit du fond de la France, de Narbonne, ville « voisine de la barbarie espagnole et fort esloignée de la douceur françoise », dont il était le gouverneur : « Quelque ignorance et rudesse qui en moy soit, je me délecte néantmoins de voir et lire les bonnes choses, et je vous asseure, Monsieur que j'ay merveilleux regret de n'avoir eu l'heur de voir et cognoistre Monsieur de Ronsard et Monsieur Du Bellay, puisqu'il estoit à Paris, pource qu'il me semble de n'avoir point demy veue en mes yeulx, n'ayant veu et cogneu les deux lumières de

Cette correspondance, sauf la première lettre à Morel, était connue par la copie qu'en a faite le président Bouhier et qui se trouve parmi les manuscrits de l'Ecole de médecine de Montpellier [1]. M. Revillout, professeur à la Faculté des lettres de cette ville, a découvert cette copie, l'a publiée et a eu le mérite, dans une substantielle étude, de mettre en œuvre à peu près tous les renseignements biographiques qu'elle contient [2]. M. Marty-Laveaux l'a donnée aussi dans sa remarquable édition des œuvres françaises de Joachim du Bellay [3]. Mais la copie du président Bouhier est très fautive, surtout dans la transcription des noms propres, et l'orthographe du poëte n'y est point du tout respectée.

On comprendra facilement l'importance de ces lettres pour fixer l'orthographe tant discutée de l'au-

France, comme toutz les hommes de bon jugement les estiment. » (Lettre du 8 mai 1558.) Dans son sonnet sur la mort de Du Bellay (*Œuvres françoises de J. Du Bellay*, Rouen, 1597 (f. 517), la femme de Morel le comparait aussi à Ronsard :

> .... Du Bellay estoit des poëtes l'honneur ;
> Et si ne perdray pas de Ronsard la faveur,
> Car je ne puis ne veux lui faire aucune offence.

[1] Bibl. de l'École de Médecine de Montpellier, H, 24. — Les lettres au cardinal et les lettres à Morel y sont rangées dans le même ordre que dans le ms. original. La lettre VII est dans une série à part.

[2] *Les derniers mois de la vie du poète Joachim du Bellay*, dans le recueil de *Mémoires* cité plus haut.

[3] Ce sont les deux premiers volumes de la *Pléiade françoise* Paris, Lemerre, 1866-67). Les lettres sont au t. II, pp. 531 et suiv.

teur de l'*Illustration de la langue françoise*. Je la reproduis avec la plus grande exactitude, en respectant ses contradictions d'une lettre et même d'une ligne à l'autre; je n'ai ajouté que les accents et les cédilles, toujours absents du manuscrit, mais nécessaires pour faciliter la lecture[1]. J'ai, pour le même motif, distingué les *v* des *u*, et les *j* des *i*. L'orthographe de J. du Bellay, bien loin d'être simplifiée, se plaît aux formes latines ou pseudo-latines[2]. On remarquera, parmi d'autres différences capitales entre la copie et l'original, la singulière désinence *votz*, *motz*, etc. et le pluriel des mots en *é*, qui est toujours en *ez*, ainsi que la seconde personne du pluriel des verbes. La publication des lettres de Joachim, d'après une copie postérieure de près de deux siècles, pouvait donner lieu aux plus regret-

---

[1] L'écriture de Du Bellay n'est pas plus constante que son orthographe. Il a au moins deux écritures, et l'on s'aperçoit du changement, quand il introduit des mots latins ou italiens. Les lettres au cardinal montrent une main beaucoup plus posée que les lettres à Morel ; au premier abord on pourrait croire qu'elles sont d'un secrétaire. Mais, après un examen minutieux, et dont je le remercie, M. Étienne Charavay a conclu, comme moi, qu'elles sont olographes.

[2] « Quand à l'Orthographe, j'ay plus suyvy le commun et antiq' usaige que la Raison... (Épître au lecteur à la fin de la *Deffense et illustration de la langue françoise*). J'approuve et loue grandement les raisons de ceux qui l'ont voulu reformer [Louis Meigret, Jacq. Peletier du Mans] ; mais voyant que telle nouveauté desplaist autant aux doctes comme aux indoctes, j'ayme beaucoup mieulx louer leur invention que de la suyvre » (Préface de l'*Olive*.)

Monsieur je vous remercie bien fort de ce que j'escriptz a monsieur le
tgolas que je vous prieroys estre mende a monsieur Dolu
[s']il n'a desja party se non je vous prie que le
[...] se que ne [...] que par [...] de quelque
a la [...] et autre que [...] Dolu, avec la
[...] je vous prie faire tenir la [...]. il pourra
tenir [...] et [...] pour a [...] je vous
[...] de [...].

[...] humble [...] serviteur
Bubertay.

tables erreurs. C'est ainsi que le plus récent éditeur de Du Bellay [1] paraît prendre pour une habitude orthographique de notre poète ce qui n'est qu'une habitude du président Bouhier.

Aux lettres publiées d'après les originaux retrouvés et qui doivent seules faire autorité pour l'orthographe, j'en ai joint une dernière, qui complète la correspondance connue de Du Bellay. C'est une lettre à Morel sur le départ de la duchesse de Savoie. Elle a été imprimée dans un *Tombeau* de Henri II, publié en 1559. Mais la correspondance de Morel en contient une copie contemporaine qui offre quelques différences avec le texte imprimé; c'est cette copie qu'on trouvera ici.

La Bibliothèque nationale possédait encore une autre lettre de Joachim du Bellay, dans un recueil intitulé : *Gallorum præstantium epistolæ* (Lat. 8585) [2]. Cette lettre, probablement autographe, était écrite en

---

[1] M. Becq de Fouquières, *Œuvres choisies de J. Du Bellay*, Paris 1876. Introd. p. VIII. Le dernier travail publié à ma connaissance sur le poète est l'œuvre d'un de ses compatriotes, M. Léon Séché et a pour titre : *Joachim du Bellay. Documents nouveaux et inédits* (Paris, Didier, 1880); le sous-titre donne des espérances qu'il ne réalise qu'à demi.

[2] MM. Lalanne et Bordier, dans leur *Dictionnaire des pièces autographes volées* (Paris, 1851), parlent de cette lettre à l'article *Guillaume du Bellay*. Le nom seul du destinataire, que donne la table du ms., *Bellaius Carolo Utenhovio*, suffit à indiquer qu'elle doit être rapportée à Joachim.

latin par Du Bellay à son intime ami, le savant gantois Charles Utenhove [1]. Elle a disparu, comme ont disparu de la correspondance de Morel des lettres de Ronsard, de Jodelle et de Marie Stuart.

Je crois intéresser les curieux d'histoire littéraire, en publiant à la fin de l'*Appendice* une lettre adressée aussi à Jean de Morel et se rapportant à la *Deffense et illustration de la langue françoise*. Elle est du dernier fidèle de l'école de Marot, Charles Fontaine. à qui l'on a toujours attribué et, je crois, sans discussion, la réponse faite au manifeste de la Pléiade et connue sous le nom de *Quintil Horatian*. Fontaine écrit de Lyon; il consacre trois grandes pages à désavouer ce livre et prie Morel de « soutenir fort et ferme contre tous » qu'il n'en est pas l'auteur. C'est là un fait

---

[1] M. Marty-Laveaux publie (Tome I, p. xxxvij) une lettre latine au même Utenhove, tirée d'un volume intitulé *Epitaphium in mortem Henrici secundi... per Carolum Utenhovium Gandavensem et alios, duodecim linguis*. Paris, Rob. Estienne, 1560. Je la reproduis pour être complet. Il s'agit d'un recueil de poésies latines, intitulées *Illustrium quorumdam nominum Allusiones,* et qui ont paru plusieurs fois, tantôt sous le nom de Du Bellay, tantôt sous celui d'Utenhove.

Joach. Bellaius C. Utenh. suo s. Jam tandem saxum et truncus esse desii, mi Carole; factus sum enim ex surdo surdaster, speroque brevi, Deo juvante, melius me habiturum. Interea, si lubet, et vacat, vellem te paucis. Jamdudum ut scis parturio illas meas, vel potius tuas allusiones : sed vide ut quod cœpisti perficias : nam hic mihi obstetricem præstes, vel Lucinam potius, citius Elephanti parient. Pluribus per otium tecum agam. Interim vale, et nos. ut facis, redama. Vale. Cal. Martis. Anno MDLIX.

nouveau pour l'histoire de la première polémique importante de la littérature française.

Ce document nous reporte au début de la carrière d'écrivain de Du Bellay, tandis que toutes les autres lettres sont contemporaines de son déclin. Cette carrière de douze ans à peine, a été très active, très remplie, et il faut ajouter très douloureuse. Sans parler des contradictions littéraires, les souffrances morales ou physiques, et aussi les embarras matériels et vulgaires n'ont pas manqué à l'auteur des *Regrets*. Mais ne doit-il point aux inquiétudes de sa vie cette émotion personnelle et pénétrante, cet accent de sincère mélancolie, qui lui fait sa place à part au milieu de nos anciens poètes?

LES LETTRES
DE JOACHIM
DU BELLAY
MDLIX
AVEC UN
APPENDICE

LETTRES DE

JOACHIM DU BELLAY

I — A JEAN DE MOREL [1]

Monsieur et frère, à ceste heure congnoys-je véritablement que je suys sourd, puys que je demeure si longuement sans entendre ung seul mot de votz nouvelles. La craincte que j'ay

[1] Lettre autographe inédite (Lat. 8589, f. 44).

qu'elles soient aultres que bonnes me contrainct
de vous prier me mettre hors de ceste peine et
me faire, s'il vous plaist, entendre de vostre disposition et de madamoiselle de Morel [1], que je
pense de cest heure estre de retour des champs,
avec nostre Camille [2], en son aultre petit mes-
naige [3]. Il me desplaist que ma disposition ne

[1] Antoinette de Loynes, mariée en secondes noces à
Jean de Morel. C'était une femme lettrée; on trouve d'elle
une épître latine à l'ami de son mari, L'Hôpital, dans
un ms. de la coll. Dupuy (699, f. 24), une autre à Utenhove
au n° 10327 du fonds latin (f. 141), et des vers disséminés
dans plusieurs recueils du temps. Citons notamment
un sonnet sur la mort de Du Bellay, imprimé pour la
première fois dans l'ouvrage intitulé : *Epitaphium in mortem Henrici... secundi, per Carolum Utenhovium... plus
les Épitaphes sur le trespas de Ioach. du Bellay*. Paris,
de l'imprimerie de R. Estienne, 1560.

[2] Camille, fille aînée de Morel, a été louée à l'envi par
les poètes et les savants, qui se réunissaient chez son père.
Son maître Utenhove lui avait appris le latin et le grec,
ainsi qu'à ses sœurs. Elle parlait de plus l'italien et l'es-
pagnol. On trouve des lettres originales de Camille de
Morel dans la *Collectio Camerariana*, à Munich, et dans
la correspondance de Sainte-Marthe (Bibl. de l'Institut,
292, ff. 44 et 46).

[3] Dorat, dans une longue épître latine à Utenhove (*Va-
riorum poematum silva... Bâle, 1568, à la suite d'un recueil
de Buchanan*), décrit la maison des champs de Morel;
mais par un manque de précision, commun à presque tous

me permect de vous aller voyr; ce sera à la première commodité; et ce pendant vous me ferez, s'il vous plaist, ce bien de me faire entendre quelque chose de madame de Savoye[1]. J'ay différé de vous envoyer le mémoyre de la lectre que je luy demande, jusques à ce que je feusse adverty si mons[r] Forget[2] sera de retour de la court. J'ay quelque chose de nouveau de Romme sur la mort du feu pappe[3], qui est fort bien faict; je

les poètes du xvie siècle, il néglige de nous dire où elle se trouvait. La maison de ville de Morel devait être à cette époque rue Pavée, près l'église Saint-André des Arcs (V. la suscription d'une lettre à lui adressée en 1563).

[1] La célébre protectrice de la Pléiade, Marguerite de France, duchesse de Berry, fille de François Ier, venait d'épouser, le 9 juillet 1559, le duc de Savoie, Emmanuel-Philibert Tête-de-fer. Son départ de la cour de France fut un deuil pour « tous amateurs de la vertu et des bonnes lettres », ainsi que le dit Du Bellay dans la lettre VI.

[2] Secrétaire de Marguerite de France. Elle le cite dans une lettre à M. de la Vigne, du 22 décembre 1557 (Fr. 4129, f. 41). L'évêque de Toulon en fait mention en 1562 (Lat. 8589, f. 37). Du Bellay lui adresse le sonnet CLXXVII[e] des *Regrets*. V. aussi Ronsard, éd. Blanchemain, t. V, p. 336.

[3] Paul IV, de la famille des Caraffa, élu le 23 mai 1555, mort le 18 août 1559. Du Bellay, étant à Rome, avait célébré son élection *(Sur le papat de Paule IV. Œuvres, t. II. p. 74)*.

vous en feray part quand j'auray ce bien de vous
voyr. Et con questo vi bascio le mani et mi ra-
comendo.

> Vostre obéissant et affectionné amy à vous
> faire service,
>
> J. Dubellay.

II — A JEAN DE MOREL[1]

Monsieur, j'ay veu ce que m'avez escript et
suys fort déplaisant de la mort de pauvre feu
mons[r] de la Vigne[2] tant pour la perte de sa per-

---

[1] Lettre autographe (F. 10485, f. 187).

[2] Jean de la Vigne, conseiller du roi Henri II et son ambassadeur auprès du Grand Seigneur, mourut pendan-
son retour en France en octobre ou novembre 1559. (V. une
lettre de l'évêque d'Acqs, ambassadeur à Venise, datée du
10 nov. dans Charrière, *Négociations de la France dans le
Levant*, t. II, p. 605). Les lettres qu'il reçut du roi, de la
reine et des principaux personnages de la cour, durant
son séjour à Constantinople (1557-59), sont conservées à
la Bibl. Nat. (Fr. 4129). On y trouve quatre lettres de Marguerite de France, encore duchesse de Berry (ff. 41-45).

sonne que celle qu'y peult avoir faicte mon pauvre filleul[1], qui en doibt estre maintenant en grand peine. Je croy que l'on aura esgard de faire quelque récompense à ses serviteurs, mesmes à ceulx qui l'ont servy en tel estat que mondict filleul.

Celuy, comme vous distes, qui en a mandé la première nouvelle, n'aura pas failly de demender la meilleure pièze, si est-ce que l'on fera tort, ce

Elle les signe : « Vostre bonne amye, » et les adresse « à M. d'Auvilliers ». L'une d'elles témoigne que la duchesse prit la défense de son protégé contre des calomnies dont il fut l'objet pendant son ambassade. Il récompensa cette amitié en la faisant son héritière (Brantôme, *Œuvres*, éd. Lalanne, t. V. p. 57 et 68 ; *Lettres de Marguerite de France*, publiées en 1881, par M. Tamizey de Larroque, dans la *Revue historique*, d'après les originaux de Saint-Pétersbourg).

[1] Ce filleul de Du Bellay pourrait être Joachim Dallier, sieur du Plessis, qui était né du premier mariage d'Antoinette de Loynes avec Lubin Dallier, avocat au Parlement. Il remplissait auprès de M. de la Vigne les fonctions de secrétaire (Charrière, t. II, p. 605). On trouve plusieurs lettres de ce beau fils de Morel dans la correspondance de celui-ci. (Lat. 8589, ff. 45-53). Il fut protégé par l'évêque de Toulon, et entra au service de la duchesse de Savoie, qu'il accompagna au-delà des Alpes, ainsi que le témoigne sa lettre écrite de Chinon, où il se trouvait avec la cour, et datée du 13 mai 1560.

me semble, à madame de Savoye, si on ne laisse en sa disposition les abbayes dudict s^r de la Vigne, attendu qu'il estoit sa créature et qu'elle les luy avoit faict donner. Monsr de Tholon [1] ne s'y endormira pas. Si par vos lectres il vous plaisoit luy en toucher quelque mot, affin que, faisant pour luy, il feist quelque chose pour ses amys, l'occasion ne seroit pas maulvayse, et je vous en auroys tousjours nouvelle obligation. In ogni modo ce seroit follye de se mectre en fraiz pour en faire aultre diligence, veu ce que dessus. J'ay veu la proffétie de Nostradamus dont nous ne fauldrons, mons^r Cacault et moy, à vous ayder

[1] Jérôme de la Rovère, piémontais, évêque de Toulon, plus tard archevêque de Turin et cardinal (*Gall. Christ.* t. I, p. 753 D). Élevé en France, il fut l'un des serviteurs les plus dévoués de la duchesse Marguerite. Il prononça deux oraisons funèbres de Henri II, l'une à N. D. de Paris, l'autre à Saint-Denis, imprimées par H. Estienne en 1559. Sa liaison avec Du Bellay est attestée par Aubert, qui le nomme avec Morel parmi les meilleurs amis du poète (*Elégie sur le trespas de M. I. du Bellay*, par G. Aubert, de Poitiers. *Œuvres*, Rouen, 1597, p. 523). L'amitié qui l'unissait à Morel était plus étroite encore. Il lui envoie de Rivoli en Piémont, et de Poissy, pendant le colloque, deux lettres signées « Vostre plus affectionné et obéissant amy et filz, Hiero. E. de Tolon. » (Lat. 8589, ff. 35 et 37, années 1561 et 1562).

à rire de ladicte profetie[1]. En récompense de quoy je vous envoye ung distique que l'on me bailla hyer qui me semble assez à propoz pour l'explication de ladicte profetie.

Nostra damus, cum verba damus, nam fallere nostrum est,
Et cum verba damus, nil nisi nostra damus[2].

Je ne scay si l'aurez veu quelque foys, mais je le trouve bien gentil.

J'ay trahy ou traduict beaucoup plus de la moitié de nostre besongne[3], mays en vers alexandrins, car les aultres ne me satisfont en si grave matiére[4], et m'eust fallu user d'une infinité de

---

[1] Nostradamus fut lié avec Morel, comme le prouve une lettre qu'il lui envoie, en 1561, « du vallon de Craux en Provence » (Lat. 8589. f. 28).

[2] Ces vers, qui ont été attribués à Jodelle et à Bèze, dit M. Marty-Laveaux, se trouvent, sous la forme suivante, dans les *Allusiones* de Charles Utenhove :

    Nostra damus cum falsa damus, nam fallere nostrum est,
    Et cum falsa damus, nil nisi nostra damus.

[3] Il s'agit du *Discours au Roi* de Michel de l'Hospital que Du Bellay traduisait du latin, et dont il est question dans la lettre suivante. Le discours fut présenté au roi François II, peu après son sacre, qui eut lieu le 18 septembre 1559. Les deux lettres qui en font mention ne sont donc pas antérieures à cette date.

[4] Du Bellay, pour les sujets sérieux, préférait à juste titre le vers de douze syllabes au vers de dix. Ronsard

périphrases, dont je me feusse beaucoup eslongné
de la nayfveté de mon autheur, que je m'esforce
de représenter le plus au naturel qu'il m'est possible. Vous voyrez de quoy et en jugerez.

Et con questo vi bascio le mani.

Vostre obéissant frère, serviteur et amy.

J. Dubellay.

(Au dos) : La main volante et plume de du
Bellay [1].

III — A JEAN DE MOREL [2]

Monsieur, depuys le partement d'Horace, je me
suys advisé qu'il seroit bon et presque nécessaire
d'envoyer une coppie de la translation de l'épistre

pensait de même; il se vante d'avoir mis en vogue notre
alexandrin; s'il a écrit la *Franciade* en vers de dix syllabes, c'est, dit-il, qu'il y a été obligé par Charles IX.
V. son *Art poétique* (éd. Blanchemain, t. VII. p. 339).

[1] Ces mots, et ceux qui se trouvent au dos de la lettre
suivante, sont de l'écriture de Jean de Morel.

[2] Lettre autographe (Fr. 10485, f. 189).

de Monsr de l'Hospital à Monseig^r le Card^al de
Lorraine, ne videatur sibi neglectus fuisse [1]. Et
n'est besoing d'y mectre l'épistre liminaire à la
Royne mère, car l'épigramme de Monsr de l'Hospital suffira pour luy, puys que le latin luy est
dédyé [2]. Et pour ce que nous n'en avons point
de prest que celuy que vous avez faict relyer pour
Madame de Savoye, il me semble qu'il seroit bon
de le luy envoyer (je dy à mondict seig^r le Card^al)
par mesme voye. Et j'en feray escripre et relyer
un aultre tout pareil pour madicte Dame de
Savoye; car, n'estant à la court, on peult plus

[1] Cette lettre nous montre Du Bellay distribuant à ses
puissants protecteurs ses œuvres encore manuscrites. Il
s'agit ici du *Discours au Roi... escript premièrement en
vers latins et présenté au roy François II peu après son
sacre par Messire Michel de l'Hospital, lors premier président des Comptes et Conseiller du Roy en son privé conseil, à présent Chancellier de France, et depuis mis en vers
françoys par J. du Bellay*, ainsi que le porte la première édition, qui en fut faite en 1566 (V. *Œuvres*, éd.
Marty-Laveaux, t. II, p. 477 et 568). Du Bellay traduisit
aussi, peu de jours avant sa mort, mais en le développant,
un second « discours au roi » de L'Hospital.

[2] Le premier discours est précédé d'une épigramme
dédicatoire de L'Hospital au Cardinal de Lorraine, traduite,
comme le reste, par Du Bellay. Il n'y a aucune trace d'épitre
préliminaire à Catherine de Médicis.

commodément différer pour son regard que pour celuy de mondict seig^r le Card^al. Quant à la Royne régnante [1], l'épistre en faict assez mention, et me semble que celuy de la Royne mère suffira pour toutes deux. Et sur ce je me recommende [2].

Vostre obéissant frère, serviteur et amy,

J. Dubellay.

(Au dos) : Promesce de faire escrire et relier une aultre copie pour la miene.

IV — A JEAN DE MOREL [3]

Monsieur, ne m'estant permis pour ceste heure tant pour mon indisposition que pour une dépesche que je faiz à Romme, de pouvoir aller trouver en vostre maison, je ne craindray point de vous supplier prendre la peine de venir jusques

---

[1] La Reine régnante est Marie Stuart. Les vers de L'Hospital la nomment assez brièvement.

[2] Italianisme. Cf. la formule qui termine la lettre I.

[3] Lettre autographe (Fr. 10485, f. 190).

icy, si c'est vostre plaisir et loisir, pour ce que je vouldroys vous communiquer quelque chose qui m'est de grande importance. Et vous sçavez qu'en tous mes petiz affaires j'ay tousjours recours à vous comme ad sacram anchoram. Plura non licet per occupationes. Tu impudentiam nostram excusabis et valebis [1].

Vostre obéissant frère, serviteur et amy,

J. Dubellay.

V — A JEAN DE MOREL [2]

Monsieur, je vous envoye une lectre que j'escriptz à Monsr de Tholon, que je vous supplye

---

[1] Quoique ce billet ne soit pas daté et ne contienne aucun fait précis qui puisse y suppléer, sa présence au milieu des lettres datées ne permet pas de le rapporter à une autre époque que les derniers mois de 1559. L'affaire importante que Du Bellay voudrait confier à son ami, se rattacherait-elle à celles dont parlent les lettres au Cardinal?

[2] Lettre autographe (Fr. 10485, f. 191).

recommender à Monsr Dolu [1], s'il n'est desjà party. Si non je vous prye me la renvoyer, si ne faictes quelque aultre dépesche à la court par aultre que par ledict s^r Dolu, avec la quelle je vous prye faire tenir ladicte lettre, et me tenir tousjours en vostre bonne grace, à laquelle je me recommende de meliore nota [2].

Vostre humble frère, serviteur et affectionné amy,

J. Dubellay.

[1] Jean Dolu, valet de chambre de François II, avait été envoyé à Constantinople pendant l'ambassade de Jean de la Vigne. Sa correspondance se trouve aux archives du ministère des affaires étrangères. V. Charrière, *Négociations de la France dans le Levant*, t. II, p. 499 et suiv. et la note de M. Lalanne (*Œuvres de Brantôme*, t. V, p. 57). Nommé résident de France à Constantinople, après le rappel et la mort de M. de la Vigne, il partit de France au mois de janvier 1560 (V. Charrière, t. II, p. 608, note).

[2] Ce billet est peut-être le dernier qu'ait écrit Joachim. On ne peut le placer qu'aux derniers jours de décembre 1559, au moment où Dolu se disposait à quitter Paris pour aller prendre les dernières instructions du roi, qui était alors à Blois avec la cour.

VI — A JEAN DE MOREL [1]

Monsieur et frère, ne m'ayant (comme vous sçavez) permis mon indisposition de pouvoir faire la révérence à Madame de Savoye depuis la mort du feu Roy [2] (que Dieu absolve) j'ay pensé que pour réparer ceste faulte et pour me ramentevoir tousjours à sa bonne souvenance, je ne luy pouvois faire présent plus agréable que ce que je vous envoye pour luy présenter, s'il vous plaist, de ma part [3]. C'est le Tumbeau latin et françois

[1] Copie (Lat. 8589, f. 32). Cette lettre a été imprimée avec quelques légers changements sous le titre de « Lettre à un sien amy, » dans le *Tombeau* dont il est question ici : *Tumulus Henrici II... per Joach. Bellaium. Idem gallice totidem versibus expressum per eumdem... Parisiis, apud Federicum Morellum,* 1559. (V. *Œuvres,* t. II, p. 472 et 567.)

[2] Henri II avait été blessé, au tournoi donné en l'honneur du double mariage de sa sœur Marguerite avec le duc de Savoie, et de sa fille Elisabeth avec le roi d'Espagne ; il était mort au palais des Tournelles, le 10 juillet.

[3] Du Bellay avait déjà beaucoup travaillé à l'occasion du mariage de sa protectrice. Non content d'avoir fait les *Inscriptions* du tournoi, il publia un *Epithalame sur le*

du feu roy son frère, basty de ferrementz de nostre mestier, sinon de telle estoffe et artifice qu'il eust bien peu estre d'une meilleure main, pour le moings de telle révérence et dévotion que pour ce regard il ne doibt céder ny à l'excellence du Mausolée, ni à l'orgueil des Pyramides Egiptiennes. Je l'eusse bien peu enrichir, si j'eusse voulu, de figures et inventions poëticques, et l'œuvre en estoit bien capable, comme vous pouvez penser. Mais il m'a semblé que pour la dignité du subject et pour rendre l'œuvre de plus grande Majesté et durée, un ouvraige Doricque, c'est-à-dire plein et solide, estoit beaucoup mieux séant qu'ung Corynthien de moindre estoffe, mais plus élabouré

mariage de tres illustre prince Philibert Emanuel duc de Savoye et tres illustre princesse Marguerite de France. Il devait être récité au festin nuptial, qui ne put avoir lieu, par les trois filles de Morel et leur jeune frère Isaac. (V. *Œuvres*, t. II, p. 422.) J'en ai trouvé l' « ordonnance » dans un manuscrit du fonds français (4600, f. 302): Camille devait être habillée « en Amazone ou en habit de Pallas, l'armet en teste, la Gorgonne en son bras gauche », Lucrèce « en gentildone romaine » et Diane « en Nymphe et Déesse, son arc et flesche au poing. » Le poète aurait été représenté par Isaac de Morel, « habillé en Orphée à l'antique, couronné de laurier, une harpe à la main. » Cette mise en scène assez curieuse appartient évidemment à Du Bellay.

d'artifice et invention d'Architecture. Or, tel qu'il est, si madicte Dame s'en contente j'estimeray mon labeur bien employé ne m'estant, comme vous sçavez, mieulx qu'homme du monde, jamais proposé. aultre but ny utilité à mes estudes, que l'heur de pouvoir faire chose qui lui feust agréable, j'avois (et peult estre non sans occasion) conceu quelque espérance de recevoir quelque bien et advancement du feu Roy plus par la faveur de madicte Dame que pour aultre mérite qui fust en moy. Or Dieu a voulu que je sentisse ma part de ceste perte commune, m'ayant la fortune par le triste et inopiné accident de ceste douloureuse mort, retranché tout à ung coup, comme à beaucoup d'aultres, toutes mes espérances. Ce désastre avec le partement de madicte Dame, qui (à ce que j'entends) est pour s'en aller bien tost ès pays de Monseign[r] le duc son mary [1], m'a tellement estonné et faict perdre le cœur, que je suis délibéré de jamais plus ne retenter la fortune, m'ayant, nescio quo fato, esté jusques icy toujours si ma-

---

[1] Elle était encore à Blois le 19 novembre 1559. Le 17 décembre elle faisait son entrée à Lyon, se rendant à Nice. V. *Lettres de Catherine de Médicis*, publiées par M. H. de la Ferrière, tome I, Paris, 1880, p. 129.

rastre et cruele, mais abdere me in secessum ali-
quem, avec ceste brave devise pour toute consolation, Spes et fortuna valete. Et qui seroit si fol
de ce vouloir doresnavant travailler l'esprit pour
faire quelque chose de bon, ayant perdu la faveur
d'ung si bon prince, et la présence d'une telle
princesse, qui depuis la mort de ce grand Roy
François, père et instaurateur des bonnes lectres,
estoit demourée l'unique suport et refuge de la
vertu et de ceulx qui en font profession? Je ne puis
continuer plus longuement ce propoz sans larmes,
je dy les plus vrayes larmes que je pleuray jamais.
Et vous prye m'excuser si je me suis laissé trans-
porter si avant en mes passions, qui me sont
(comme je m'asseure) communes avecques vous
et tous ceulx qui sont comme nous admirateurs
de ceste bonne et vertueuse Princesse, et qui véritablement se ressentent du regret que son absence doit apporter à tous amateurs de la vertu et
des bonnes lectres. Quand à moy (et hoc mihi
apud amicum liceat), encores que iusques icy j'aye
enduré des indignitez de la fortune aultant que
pauvre gentilhomme en peult endurer, si est-ce
que pour perte de biens, d'amis et de santé, et si
quelque aultre chose nous est plus chère en ce

monde, je n'ay jamais esprouvé si grand ennuy
que celuy que j'ai receu de la mort du feu Roy, et
du prochain département de madicte Dame qui était
le seul appuy et columne de toutes mes espérances. A tous le moings si ceste fascheuse et
importune surdité qui me contrainct de demourer
continuelement enfermé en une chambre, eust
attendu quelque aultre saison, et ne m'eust osté si
mal a propoz le moyen de pouvoir faire la révérence à madicte Dame, et lui baiser les mains devant son partement : j'aurois moings d'occasion de
me plaindre de ma fortune, mais vous ferez, s'il
vous plaist, ce debvoir pour moy. Et cependant
ne m'estant permis d'accompaigner ses aultres serviteurs en ce voyaige [1] ou partye d'icelui, je la
suyvray avecques prières et vœutz pour sa bonne
prospérité et santé, et avecques cette humble affection, révérence, et dévotion que je lui doy, ac-
compagnée d'ung perpétuel regret de son absence.
Ce qui me reste de consolation c'est une conscience
de bonne, pure et sincère volunté envers Dieu et

[1] Parmi ces serviteurs se trouvait le chancelier de la
duchesse, Michel de l'Hospital, qui a raconté son voyage
en vers latins, et qui resta auprès de Marguerite, à Nice,
jusqu'à la fin de mars 1560.

envers les hommes, avecqùes ung contentement, ou (s'il fault dire ainsy) ceste gloyre, qu'ayant en la profession où j'ay esté poussé, plustot par nécessité que par élection, rencontré tant d'heur que de plaire à madicte Dame, je me puis vanter d'avoir esté agréable à la plus saige, vertueuse et humaine Princesse qui ait été de son temps[1]. Et sur ce, Monsr et frère, pour ne vous ennuyer de plus longue lectre, encores que je m'asseure ce discours vous estre aultant agréable qu'aultre pourroit estre, je feray fin pour me recommander bien affectueusement à vostre bonne grace, et suplier le Créateur vous donner en parfaicte santé heureuse et longue vye.

De vostre maison au cloistre Nostre Dame, ce iij[e] d'octobre 1559.

> Vostre obéissant frère et affectionné amy
> à vous faire service,
>
> J. Du Bellay.

(Au dos) : A Monsieur et frère Monsieur de

---

[1] Le témoignage universel des contemporains atteste que ce ne sont point là des louanges banales envers la duchesse Marguerite. V. son éloge dans Brantôme (*Œuvres complètes*, éd. Lalanne, t. VIII, p. 128) et dans le P. Hilarion de Coste (*Éloges et vies des Reynes, Princesses..* Paris, 1630, p. 426.)

Morel.— Copie d'une lectre de feu Monsr de Gonor, Joachim du Bellay, à moy sur le département de Mad^me de Savoye [1].

VII — AU CARDINAL DU BELLAY [2]

Monseigneur, si mon indisposition et les affaires, qui me tiennent par deçà [3] pour la conservation de ma maison, m'eussent permis de vous aller trouver pour me purger en vostre présance de ce qu'on m'a callomnieusement imposé envers vous, comme j'ay veu par voz lectres que

[1] Ces mots sont de la main de Morel.. Ils montrent que, contrairement à l'opinion de l'abbé Goujet, adoptée par M. Marty-Laveaux (*Notice*, p. X), Joachim du Bellay porta le titre de seigneur de Gonnord, en Anjou, après la mort de son frère aîné. On peut rapprocher la dédicace de Ch. Fontaine, citée plus loin p. 86. Toutefois les cousins de Joachim ne l'appellent jamais que *Monsr de Liré*.

[2] Copie (Lat. 8584, f. 86). V. plus haut, p. 9. Je crois inutile de signaler les ratures.

[3] En France.

Mons*r* de Tolon[1] m'a ces jours passés communicquées, je n'eusse esté contrainct de vous ennuyer de ceste longue et fascheuse lectre, ny vous en peine de la lyre; ce que je vous supplie très humblement de faire, tant pour la mémoyre de ce peu de services que je vous ay faict que pour la révérence du lieu que vous tenez, qui vous oblige (ce me semble) d'ouyr ung chascung en ses justifications. Ce que je doy le plus craindre en cecy, ce seroit que l'opinion que vous pourriez avoir conceue de moy et l'impression qu'on vous en auroit donnée m'eust entièrement fermé le passaige; mais je m'asseure tant de vostre accoustumée et naturelle bonté, que ce préjudice ne me fera condemner *indicta causa*[2]. Et d'autant plus je m'en asseure, que vous mesmes, Monseigneur, avez souvent esprouvé et esprouvez encore tous les jours les traicts de la calumnie, à vostre grand honneur et à la confusion de voz ennemys. Or, pour venir au faict, et afin que, mettant toute opinion et toute passion à part, vous puissiez juger si je suys digne d'une telle indignation

[1] V. une note sur la lettre II, p. 28.

[2] Pour les mots latins de cette lettre le copiste a employé une autre écriture que pour le reste du texte.

que celle que vous monstrez par vosdictes lectres,
je vous supplye très humblement, Monseigneur,
de lyre patiemment tout ce discours, ou si je vous
ments d'ung seul mot, ne si par artifice je vous
diesguise rien de la vérité, je me soubzmetz à
estre estimé tel de tout le monde et pis encore,
(si pis se peult imaginer) qu'il vous a pleu me
dépeindre par vosdictes lectres.

Vous entendrez donc, s'il vous plaist, Monseigneur, qu'estant à vostre service à Romme je
passoys quelque foys le temps à la poesie latine
et françoise, non tant pour plaisir que je y prinsse
que pour ung relaschement de mon esperit
occupé aux affaires que pouvez juger, et quelque
foys passionné selon les occurrences, comme se
peult facillement descouvrir par la lecture de
mes escritz, lesquelz je ne faisois lors en intention
de les faire publier, ains me contentois de les
laisser veoir à ceux de vostre maison qui m'estoient plus familliers ; mais ung escrivain Breton [1]
que de ce temps là je tenois avec moy en faisoit
des coppies secrettement, lesquelles, (comme je

[1] Un certain Breton ou Le Breton est raillé deux fois
dans les *Regrets* et particulièrement dans le sonnet LVIII.
V. lettre IX, où il est question d'un Le Breton, secrétaire

découvry depuys) il vendoit aux gentilzhommes
françois qui pour lors estoient à Romme, et
mons^r de St-Ferme [1] mesmes feut le premier qui
m'en advertit. Or, estant de retour en France, je
fus tout esbahy que j'en trouvé une infinité de
coppies imprimées tant à Lyon que Paris, dont
je mys de ce temps là quelques imprimeurs en
procès, qui furent condamnés en amendes et
réparations comme je puys monstrer par sentences
et jugement donnez contre eulx. Voyant donc
qu'il n'y avoit aulcun remède et qu'il m'estoit
impossible de supprimer tant de coppies publiées
par tout, joinct que le feu Roy (que Dieu absolve)
qui en avoit leu la plus grand part, m'avoit
commendé de sa propre bouche d'en faire ung
recueil et les faire bien et correctement imprimer,

du cardinal de Lorraine, pour qui Joachim paraît fort
mal disposé. A ce même N. Le Breton est dédié le très
rare *Discours de la Court* imprimé en 1558 par Philippe
Danfrie Cf. *Lettres inéd. du Cardinal d'Armagnac*, publiées
par M. Tamizey de Larroque, 1874, p. 55.

[1] Etienne Boucher, abbé de Saint-Ferme, au diocèse de
Bazas, abbaye de l'ordre de Saint-Benoît. Il s'occupa
longtemps des procès de Catherine de Médicis en Italie, et,
en récompense de ces services, devint évêque de Quimper
en 1560. V. *Lettres de Catherine de Médicis*, publiées par
M. H. de la Ferrière, t. I, p. 107.

je les baillé à ung imprimeur sans aultrement les
revoir[1], ne pensant qu'il y eust chose qui deust
offencer personne, et aussi que les affaires, où de
ce temps là j'estoie ordinairement empesché pour
vostredict service, ne me donnoient beaucoupt de
loisir de songer en telles resveries, lesquelles
toutes fois je n'ay encore entendu avoir esté icy
prinses en mauvoise part, ains y avoir esté bien
receues des plus notables et signalez persounaiges
de ce Royaulme, dont me suffira pour ceste heure
alléguer le tesmoignaige de Monsr le chancellier Olyvier, personnaige tel que vous mesmes
congnoissés. Car ayant receu par les mains
de Monsr de[2] Morel ung semblable livre que
celuy qu'on vous a envoyé, ne se contenta de
le louer de bouche, mais encores me feist ceste

[1] *Les Regrets et autres œuvres poëtiques de Joach. du
Bellay, Ang.* ont été imprimés par Fédéric Morel en 1558.
La seule édition complète est celle de 1876. (Paris Liseux).
Ils sont dédiés à M. d'Avanson, ambassadeur de France
à Rome, l'un des adversaires politiques de Jean du
Bellay. Le poète ne se justifie pas de ce fait dans sa lettre,
et il est probable que le cardinal n'en parlait point
dans la sienne; mais ce n'en était pas moins là un nouveau
grief.

[2] *De,* ici et trois lignes plus bas, est ajouté d'une autre
main; même remarque pour la même particule dans la

faveur de l'honorer par escript en une espitre
latine qu'il en escrivit audict de Morel[1]. L'extraict
de ladicte epistre est imprimé au devant de quelques myennes euvres latines[2] que vous pourrez
veoir avec le temps. Et je l'ay bien voullu insérer
en la présente de mot à mot en l'ame que j'ay
enclos cy dedans[3]. Par là, Monseigneur, vous
pourrez juger si mon livre a esté si mal receu et
interprété des personnaiges d'honneur comme de
ceulx qui le vous ont envoyé avec persuasion si
peu à mon advantaige. Je ne sçay à la vérité qui
me peult avoir presté ceste charité, et ne voudrois
obliquement taxer personne; mais ilz me semblent

suscription de la lettre de Ch. Fontaine (v. plus loin
p. 95). Cette adjonction est-elle de Morel, dont je crois
reconnaître l'écriture dans certaines annotations du ms.
8584?

[1] J'ai trouvé l'original de cette lettre parmi la correspondance de Morel (Lat. 8589, f. 34); je la publie dans l'appendice I.

[2] *Joachimi Bellaii Andini poematum libri quatuor... Parisiis, apud Federicum Morellum...* 1558.

[3] L'opinion d'un homme respecté de tous, comme
l'était François Olivier, devait avoir de l'importance aux
yeux du cardinal du Bellay. Mais n'y avait-il pas de la part
de Joachim une certaine malice à lui envoyer une lettre
dont les dernières lignes condamnaient ceux qui n'avaient
pas fait la fortune du poète?

qu'en cela ilz ont fort mal noté ce que dit Martial
en une scienne épistre[1] : « Absit ab epigrammatis
meis malignus interpres ». Et au mesme lieu :
« Pessime facit qui in alieno libro ingeniosus
est ». Or ne voyant, Monseignèur, en toute ceste
belle accusation, *aliquod certum aut difinitum*[2]
crimen, auquel je puisse répondre particulièrement, je me contenteray de dire generallement
qu'en tout le livre il ne se trouvera poinct
expresse nec tacite que j'aye en rien touché vostre
honneur. Au contraire se trouvera qu'en plusieurs
endroicts je me suys mis en devoir de le deffendre,
si quelqu'un l'eust voullu offenser, mesmement
au sonnet que j'ay aussi enclos cy dedans, auquel je parle apertement de vous et non par
métaphore ou allégorie[3]. Voilà, Monseigneur,

[1] Martial. *Epigr. lib. I. Epist. ad lectorem :* Absit a
jocorum nostrorum simplicitate malignus interpres nec
epigrammata mea scribat. Improbe facit qui in alieno libro
ingeniosus est.

[2] *Sic.*

[3] Le sonnet que le poëte envoie au cardinal est le seul
dans lequel il ait daigné parler de son protecteur, et
encore sans prononcer son nom :

> Si après quarante ans de fidèle service,
> Que celui que je sers a fait en divers lieux...
>
> (*Regrets*, sonnet XLIX.)

comment j'ay voulu dénygrer vostre honneur,
lequel tant s'en fault que je voulusse en rien
offenser (qui seroit à moy non une meschancetay,
mais ung vrai parricide et sacrilège) que pour le
maintenir je voudrois, s'il en estoit besoing,
hasarder le myen avec ma propre vye et tout ce
que Dieu m'a donné en ce monde. L'on vous a,
(à ce que je puys juger), voullu persuader que je
me plaignois de vous ; je respons que je ne me
plaincts de vous, mais de mon malheur et de
l'ingratitude de quelques ungs (*si sourdis* [1] *liceat
maledicere*) qui, ayant receu tant de bien et d'honneur de vous, l'ont si mal recongneu que vous
mesmes pouvez tesmoigner ce que tout le monde
a peu veoir. Et quand, en quelque endroit de mes
sonnetz, on vouldroit interpréter que les plainctes
que je y faictz se doibvent nécessairement référer
à vous, (comme on veoit ordinairement que ceulx
qui se sentent vrais et fidelles serviteurs sont
quelquefois plus prompts à se plaindre et passionner que les aultres), je ne veulx pas du tout
nyer que, voyant beaucoup d'aultres, qui ne vous
attuchent de si près que moy, ny de parenté ny

[1] *Sic.*

de servitu [1], recevoir tant de bien et d'honneur de vous comme ilz ont faict, il ne m'en soit eschappé quelque regret parmy les aultres [2]. Mais je pense vous avoir assez faict congnoistre par la continuation du service, que je vous ay depuzs faict et feray toute ma vye, s'il vous plaist, que telles plainctes ne procédoient de mauvoise voulonté ; et s'il m'est permis faire comparaison de moy à ung si juste personnaige, je pourrois alléguer à ce propos l'exemple de Job, lequel en son adversité dispute contre Dieu, alléguant son innocence et la grandeur de ses afflictions, qu'il dict n'avoir mérités, et sembleroit de prime face (à qui ne prendroit bien le sens de l'Escripture) ce que ses parents mesmes luy reprochent, qu'il blasphémast contre Dieu, qui toutesfois, congnoissant l'intencion de Job et son infirmité, à la fin de la dispute approuve la cause dudict Job et condenpne celle de ses cousins : et Dieu veille qu'en ceste mienne adversité je n'esprouve encore ceste persécution de ceulx dont par raison je debvrois attendre toute aide et consollation et non pas recevoir tant

---

[1] *Sic.* On retrouve le même mot vers la fin de la lettre.
[2] V. notamment les sonnets XXIII, XXVIII, XXXII, XLVI, XLVII.

de mal pour le bien que je pense leur avoir faict[1].

Quant à l'Inquisition, qui est le principal poinct dont l'on veult me faire peur, je vouldrois estre aussi asseuré, Monseigneur, de debvoir reguagner vostre bonne grace que j'ay peu de craincte de tel inconvénient. Je n'ay vescu jusques icy en telle ignorence que je n'entende les points de nostre foy, et prye Dieu qu'il ne me laisse pas tant vivre que de penser seullement (non qu'escrire) chose qui soit contre son honneur et de son Eglise.

Ce qui m'a faict ainsy toucher les Carraffes en quelque endroict[2], a esté l'indignité de quoy ils usoient en vostre endroict, dont je ne pouvois quelquefois ne me passionner et en deschargeois ma cholère sur le papier. Tout le reste ne sont que risées et choses frivoles, dont personne (ce me semble) ne se doibt scandalizer s'il n'a les oreilles bien chatouilleuses. Quant aux

1 Ici l'allusion est très claire : Joachim a des « cousins » comme Job, et ce sont eux qui vont lui susciter les ennuis des lettres suivantes.

2 Les Caraffa, famille à laquelle appartenait le pape Paul IV, sont attaqués dans les *Regrets,* sonnets CIII et CV.

belles qualitez qu'il vous plaist me donner par vosdictes lettres, je les prents comme de mon Seigneur et Maistre, avec lequel (comme dict David) je ne veulx entrer en jugement ; mais je ne craindray poinct de vous dire, encores que Démocrite excludat sanos Helicone poetas [1], que ceulx qui me congnoissent et qui m'ont hanté familièrement, ne m'ont (ce croy-je) en telle réputation, et ne pense qu'en ma vye ny en mes actions il se soit encores rien trouvé digne de la cathène [2].

Voilà, Monseigneur, la grande meschanceté que j'ay commise en vostre endroit, vous suppliant très humblement au reste de prendre en bonne part ce qu'en une si juste deffence que celle de mon honneur, j'ay respondu non à voz lectres, mais aux calumnies de ceulx qui m'ont déféré envers vous sans les avoir jamais, que je sache, offencées ny de faict ny de parolle. Dieu le leur pardoint, car quant à moy toute la vengeance que

---

[1] Horace, *Epist. ad Pis.*, v. 295-7 :

> Ingenium misera quia fortunatius arte
> Credit et excludit sanos Helicone poetas
> Democritus, bona pars non ungues ponere curat...

[2] Le vieux mot français est *cadène* ; l'italien dit *catena*.

j'en désire, c'est qu'il me donne la grace de prendre ceste persécution en patience, et à eulx de
recongnoistre [1] le tort qu'ilz m'ont faict. Ce pendant, Monseigneur, ceste lectre portera tesmoignaige, envers vous et envers tout le monde, de
mon innocence et de l'obéissance et servitu que
je vous ay tousjours portée et porteray toute ma
vye.

Monseigneur, je supplie le Créateur, etc. De
Paris, ce dernier jour de juillet 1559.

VIII — AU CARDINAL DU BELLAY [2]

Monseigneur, je croy que vous aurez receu de
ceste heure ce que je vous ay dernièrement escript pour ma justification qui me gardera d'user
de redictes, fors de ce mot seulement, c'est que si,
en cela ny aultre chose, je sentois ma conscience

---

[1] *Re* est ajouté de seconde main.
[2] Lettre autographe (Fr. 10485, f. 182).

coulpable en vostre endroict, il ne me fauldroit
point d'aultre bourreau que moy mesmes. Ce
n'est la première tragédye que l'on m'a excitée pour
semblable soubson, que celle dont il vous a tousjours pleu de vostre grace me justifier, et fault que
je vous dye, Monseigneur, que nescio quo fato
tous ceulx qui au maniement de votz affaires ne
se sont proposez aultre but que vostre seul commendement, sans respect d'aultre chose, ont courru
ceste même fortune; ce que je prendroys en plus
grande patience pour ce regard, si j'eusse receu
ceste playe d'une aultre main. Car les menasses
précédentes et l'effect qui s'en est ensuyvy incontinent apprès me font assez foy de ceulx a qui
j'en suys tenu. S'ilz ont bien ou mal faict, je m'en
rapporte à leur propre conscience et à vous, Monseigneur, qui sçavez mieulx que personne de ce
monde si je leur en ay donné occasion. Or ne
vous veulx je céler, Monseigneur, que quelques
excuses que j'en ay sceu faire, ny mesmes quelque tesmoingnaige qu'il vous ayt pleu d'en donner
par vos votz lectres, il ne m'ha esté possible de
leur arracher ceste opinion de la teste, qui me
faict penser que quelques ungs de par delà me
pourraient prester quelques charitez, ou que

cœulx-cy sentant m'avoyr faict tort me hayssent pour ceste seule raison (ce que l'on void arriver ordinairement). S'il est ainsi, et que par force ilz veuillent avoyr eu occasion de faire ce qu'ilz ont faict, ce serait bien peine perdue à moy de m'en tormenter d'advantaige. Bien vous suppliray je de croyre (car je ne veulx point faire du théatin [1] en une chose qui touche de si près mon honneur) que je n'ay le cœur en si bas lieu que je ne soye pour m'en ressentir quelquefoys et que, si ce n'estoit vostre respect, je ne feisse sonner le

[1] Allusion à la conduite du pape Paul IV, ancien général des Théatins, dont on était alors très mécontent à la cour de France. Il avait appelé le duc de Guise contre les Espagnols et n'avait tenu aux Français aucune de ses promesses. (V. *Œuvres complètes d'Estienne de la Boétie* publiées par Léon Feugère, 1846, p. 380.) « Contrefaire le Théatin » était passé en proverbe. — M. Revillout, à qui j'emprunte cette note, dit qu'on retrouve cette expression dans une lettre du cardinal de Châtillon au cardinal du Bellay. L'original de cette lettre, qui est du 29 juin 1550, est dans notre ms., au fol. 82 ; voici le passage d'Odet de Châtillon : « Monsieur, ce souer, bien tard, vostre home m'a aporté vostre lectre du xxvme, de façon que desja j'avoys veu le veu du cardinal Théatin, mays non pas le vostre, lequel ay estay bien ayse de veoyr duquel je ne m'ébays point s'il y en a eu quy ont doubté à quelle fin il tendoyt. Mays le mieulx que je y veoye c'est que les Papes obtiennent à la fin tout ce qui leur plaist. »

tort que l'on m'ha faict à telles oreilles, que peult
estre cela ne servirait de rien à ceulx qui en sont
cause[1].

Ce pendant je prendray patience le mieulx
qu'il me sera possible, et avec les Stoiciens essay-
ray à me persuader que l'homme n'est point mal-
heureux pour la perte des choses externes, mays
seulement pour avoyr commis quelque acte mes-
chand, dont je sens ma conscience necte, Dieu
mercy; auquel je supplye vous donner, Monseigneur, en parfaicte santé, très heureuse et très
longue vye. De Paris, ce dernier jour d'aougst
1559.

Vostre très humble et très obéissant
serviteur.

J. Dubellay.

(Au dos) : A Monseigneur.

[1] Les « oreilles » qui écouteraient le plus volontiers les
plaintes du poète sont, sans doute, celles de la duchesse
Marguerite.

IX — AU CARDINAL DU BELLAY [1]

Monseigneur, depuys ma dernière dépesche, j'ay receu une lettre de Monsieur du Bellay [2] que j'ay enclose en ce pacquet, avec une coppie de la response que j'ay faicte à Monsr de Paris, pour ce que je me doubte bien que mondict s^r Dubellay, suyvant ses bonnes coustumes, ne fauldra d'exécuter les menaces contenues en sesdictes lettres. Je ne vous en feray aultre discours que celuy que vous voyrez par madicte response. Ce jourd'huy est vacqué une prébende de vostre eglize de Nostre Dame, que Monsr le thésauryer de Beauvoys [3] a conférée au filz de Monsr de Saveuse, encore que je luy eusse faict remonstrer de ne me

[1] Lettre autographe (Fr. 10485, f. 183).

[2] C'est la lettre de Jacques du Bellay (V. Append. II), que Joachim avait eu le temps de recevoir. Si ce n'était pas celle-ci, on ne s'expliquerait pas sa présence parmi les lettres originales reçues par le cardinal.

[3] Ce trésorier de Beauvais n'est autre que Nicolas de Thou, conseiller clerc au Parlement, archidiacre de Paris, abbé de Saint-Symphorien de Beauvais, plus tard évêque de Chartres. C'est le frère du premier président, Christophe de Thou, et l'oncle du grand historien, Jacques-

faire ce tort qu'en l'absence de Monsr de Paris je
ne feisse la charge qu'il vous a pleu me donner,
et qu'il me pouvoit bien porter aultant de respect
qu'il avoyt faict au feu chantre Moreau [1]. Il ne
m'a allégué aultre chose que la prière de Monsr
de Paris luy en avoyt faicte. Je vous supplye très
humblement, mon seigneur, de ne m'estimer si
ambitieux que je recherche tel souvenir si non

Auguste de Thou. — Voir la lettre de l'évêque datée de
Paris du 20 septembre : « Il est mort ung de voz chanoines nommé de Pardieu, nepveu de Monsr le cardinal
de Meudon : Monsr de Thou, vostre chanoine et vicaire,
en a fait la collation au fils de Monsr de Saveuse. »
(V. Appendice IV.)

[1] MM. Burgaud des Marets et Rathery ont publié (*Œuvres de Rabelais*, 2e édit., t. I, p. 61), un extrait des regis-
tres du secrétariat de l'archevêché de Paris, de 1552.
qui nous apprend ce qu'était ce chantre Moreau. C'est
lui qui reçut de Rabelais la démission de la cure de
Meudon, au diocèse de Paris, et de Saint-Christophe du
Jambet, au diocèse du Mans : « Resignavit, cessit et di-
misit pure, libere et simpliciter, hujusmodi Pariochalem
Ecclesiam..... in manibus D^{ni} Joannis Moreau, Ecclesiæ
Parisiensis canonici, vicarii generalis R^{mi} D^{ni} cardinalis
Bellaii, R^{mi} nuper Parisiensis Episcopi, cui collatio et
dispositio Beneficiorum Ecclesiasticorum Episcopatus Parisiensis auctoritate Apostolica reservata exstitit. » M. Revillout conclut que Joachim du Bellay, qui rappelle l'exemple du feu chantre Moreau, était comme lui vicaire général du cardinal.

aultant que c'est pour vostre service, en quoy je
ne céderay jamays à personne. Ce qui me donne
plus d'ennuy, c'est l'injure que l'on me faict de
me vouloyr oster sans révocation ny aultre exprès
commendement de vous ce qu'il vous a pleu me
donner. Je ne veulx prescher mes mérites, mays
s'il vous plaist de le réduyre à mémoyre, vous
trouverez, Monseigneur, qu'en moins d'un an et
demy vous avez disposé de plus de troys mil
livres de rante ce pendant que je m'en suys meslé.
Et si avoys ung légat en teste, qui m'a donné de
la peine telle que vous avez peu entendre. Je se-
ray bien ayse que les aultres facent mieulx, mays
je m'asseure bien qu'ils ne s'en sçauroient acquic-
ter plus fidèlement.

Monseigneur, je supplye le Créateur vous
donner en parfaicte santé très heureuse et très
longue vye. De Paris, ce 1ᵉʳ de septembre 1559.

Votre très humble et très obéissant serviteur,

J. Dubellay.

Je ne veulx oublyer à vous advertir, Monseigneur, que Monsʳ Gallandius [1] est malade à l'ex-

___

[1] Pierre Galland, professeur au Collège Royal, célèbre
par sa querelle avec Pierre Ramus, au sujet de laquelle
Du Bellay composa sa *Pétromachie* (1551. — *Œuvres*, t. II,

trémité et, dict-on, qu'on le cèle mort depuys cinq ou six jours. Je ne sçay à quelle fin. On dict aussi que sa prébende estoit vacquée en Régalle et que le Breton, secrétaire de Monsr le Card^{al} de Lorraine, la veult impétrer; ce sera une forte partye, s'il ne se treuve que la partie adverse dudict Gallandius luy eust passé maintenue[1]. Il seroit bon de bailler Niquet en teste audict Breton[2]. Le procureur général du Roy, Bour-

p. 403). Il mourut le 6 septembre 1559. L'évêque de Paris n'en savait encore rien le 20 septembre (V. Appendice II).

[1] Ce passage s'explique par les règles d'un droit canonique particulier à la France. Le roi avait le droit de conférer, pendant la vacance des sièges épiscopaux, les bénéfices qui étaient à la disposition de l'évêque, et ce droit faisait partie de la prérogative royale appelée *régale*. Or, c'était un privilège de la régale qu'elle devait avoir eu son effet; autrement le bénéfice vaquait toujours en régale. Si donc Gallandius avait obtenu une prébende vaquée en régale, et ne s'était pas arrangé avec celui qui la lui disputait, la régale, par suite du litige, n'avait pas eu son plein effet, et c'était toujours au roi et non au cardinal à disposer de la prébende. (Note de M. Revillout). « Passer maintenue » signifiait confirmer définitivement un droit à celui qui en jouissait déjà de fait. (V. Appendice V.)

[2] Ce Nicquet ou Nicayt est nommé dans les lettres de l'évêque de Paris (V. App. III, V, VII). Pour Le Breton, cf. une note sur la lettre VII, p. 43.

din[1], faict les plus grandes instances du monde pour une prébende de Nostre Dame. Il m'en fist parler et escripre par la Royne[2] pour celle de Monsr de Sainct Ferme[3], et dernièrement m'en a faict escrire par ladicte dame pour celle de Saveuse, encore que je n'en aye faict la collation, mays le thésaurier de Beauvoys. Il semble que ledict procureur en veuille avoyr par force et n'est pour se désistèr de telles importunitez si vous ne luy en fermez la bouche, car il n'use de moindres motz si non que le Roy le veult ainsi. Et sans vostre exprès commendement on ne peult disposer desdictes prébendes, comme je luy ay très bien faict entendre.

(Au dos) : A Monseigneur.

[1] Gilles Bourdin, célèbre magistrat, procureur général du roi au Parlement, commentateur d'Aristophane, était un protégé de la maison de Lorraine. V. Sainte-Marthe, *Elog.*, Liv. II, p. 5o.

[2] La reine est Marie Stuart ; mais il est possible qu'il s'agisse ici de la reine-mère. Sur les démarches de Bourdin, cf. App. III.

[3] V. une note sur la lettre VII.

X — AU CARDINAL DU BELLAY [1]

Monseigneur, le seelleur de Monsr de Paris
m'a ce matin envoyé une lettre de change de douze
cens escutz, pour vostre ordinaire de novembre[2],
me priant de la vous faire tenir, ce que j'ay faict
incontinent, et l'ay envoyé sur l'heure enclose en
la présente à vostre banquier Didato[3], qui à ma
requeste et sur ma cédulle a fourny une grand
partye desdicts XII cens escutz. Ce n'est la première foys qu'il a faict le semblable et est encore
prest de faire selon les occurrences, qui mérite
bien, ce me semble, que l'on en face quelque re-
congnoissance en son endroict. Il vous avoit pleu,
Monseigneur, luy en donner quelque asseurance
par ung mot de lectre que je luy baillay de vostre
part, il y a environ d'un an. Toutesfois depuys ne

---

[1] Lettre autographe (Fr. 10485, f. 185).

[2] Pour les revenus des mois suivants, expédiés à me-
sure, soit par Joachim, soit par l'évêque de Paris au cardinal, v. Append. V et VII.

[3] Sur ce banquier italien, établi à Paris, qui faisait les
affaires du cardinal, v. Appendice V.

s'en est ensuyvy aulcun effet. S'il vous plaisoyt
en faire une nouvelle recharge à Monsr de Paris,
on le contenteroit de peu de chose et que l'on
baille ordinairement à d'aultres, qui ne sont pour
vous faire tant de service que ledict Didato. Je
vous ay escript par cy devant que le filz de feu
Monsr de Saveuse avoit esté pourveu de la prébende vacquée par la mort d'ung nepveu de
Monsr le Card^{al} de Meudon, suyvant vostre commendement. Vous estiez obligé envers ung con-
seiller de ceste court nommé Helyn en la somme
de mil escutz, dont luy aviez constitué rante de
deux cens livres par an. Vostre recepveur Com-
braille a payé lesdicts mil escutz et, par ce
moyen, est esteincte ladicte rante et le contract
cassé, que je mectray entre les mains de Monsr
de Paris incontinent qu'il sera de retour. Ledict
Helyn, par une aultre partye, vous debvoit deux
cens escutz pour quelques lotz et vantes ; il a
pryé qu'on lut donnast terme jusques au XXVe
de ce présent moys, dedans lequel il ne fauldra
de satisfaire à ce qu'il vous doibt.

Je vous ay escript touschant les deux aultres
prébendes et les importunitez et instances qu'en
font messieurs les courtizans. Vous y adviserez,

s'il vous plaist, Monseigneur, et voyrez si je vous y puys servir de quelque chose. En quoy je m'employray et en toutes aultres choses, qui concerneront vostre service, sans aulcune exception. Et me trouverez tousjours tel jusques au dernier souspir de ma vye. Ce qui sera l'endroict où je suppliray le Créateur vous donner, Monseigneur, en parfaicte santé très heureuse et très longue vye. De Paris, ce viie de octobre 1559.

Vostre très humble et très obéissant serviteur,

J. Dubellay.

Monsr d'Ivry [1] m'est venu voyr ce matin, qui m'a dict vous avoyr escript touchant l'expédition de son abbaye de Sainct Sierge, que l'on luy veult faire perdre, vous suppliant de luy estre aydant en ceste affaire. Il m'en a parlé plus parti-

---

[1] C'est le grand architecte Philibert de Lorme, qui succéda par la faveur de Catherine de Médicis, au 52° abbé des bénédictins de Saint-Serge d'Angers, Jacques d'Annebault, mort le 7 juin 1558. (V. Hauréau, *Gall. Christ.*, t. XIV, 653 E). Il fut aussi abbé d'Ivry et de St-Eloy-lez-Noyon. On sait que ce fut le cardinal du Bellay qui le présenta à la cour. Les démêlés de Philibert de Lorme avec Ronsard sont racontés par Binet dans sa *Vie de Ronsard :* Le poète composa une satire, où « il blasme le Roy de ce que les bénéfices se donnoient à des maçons et autres plus

culièrement, et que, s'il vous plaist lui faire avoyr ladicte expédition, il ne plaindra V cens escutz pour la dilligence du convoyeur. Il m'a aussi parlé de quelques permutations avecques pensions rédimables comme l'on advisera. Je n'ay voulu faillir à vous en advertir, Monseigneur, affin que vous advisiez, s'il vous plaist, ce qu'il vous plaira de m'en commender.

Au (dos) : A Monseigneur.

viles personnes, taxant particulièrement un De Lorme, architecte des Tuilleries, qui avoit obtenu l'abbaye de Livry... » (V. *Œuvres de Ronsard*, éd. Blanchemain, tome prélim., 1867, p. 30).

APPENDICE

I — LE CHANCELIER OLIVIER A JEAN DE MOREL [1]

Monsieur, j'ay receu par les mains de Monsr le Prévost d'Estampes celle que Monsr le président de l'Hospital a naguères escripte à monsieur le Rév. Card^{al} d'Armaignac [2]. De qua nihil aliud

[1] Lettre autographe (Lat. 8589, f. 34).

[2] Les épîtres de l'Hospital circulaient manuscrites et assez souvent sans nom d'auteur. M. Dupré Lasale (*L'Hospital avant son élévation au poste de chancelier de France*, Paris, 1875, p. 323), qui ne connaissait de la lettre d'Olivier que la partie latine, a cru qu'elle se rapportait à l'épître apologétique de L'Hospital à Barthélemy Faye qui circula en 1557. (*Mich. Hospitalii Galliarum cancellarii carmina*, Amsterdam, 1732, p. 358). Il s'agit au contraire de l'épître : Ad Georgium Armeniacum Cardinalem; ex morbis quæ utilitas percipi possit (*Carmina*, p. 24). Les lettres de Georges d'Armagnac, évêque de Rodez, ambassadeur à Rome, etc., sont conservées en grand nombre à la Bibl. nationale. On en trouve parmi les lettres au cardinal du

dicam quam quod vel sine titulo auctorem suum
referat, et bis mille aliis intermixta non me fallere
queat. Perlectam seposui per ocium subinde
relecturus, cum Musis simul ac Philosophiae
indulgere juvabit [1]. D. Bellaii poemata mihi
post tuum discessum ter quater relecta semper
magis ac magis allubescunt [2]. Quamquam sunt
in iis [3] nonnulla quæ me fugiunt, quod scilicet
res ipsas non capio. Nescio quid ille Graecè vel
Latinè praestare queat : hoc unum scio qualia

Bellay. M. Tamizey de Larroque en a publié un assez
grand nombre, qui forment un volume de la *Collection
Méridionale (Lettres inéd. du Cardinal d'Armagnac, 1874)*.

[1] Le n° 8585 du fonds latin contient (ff. 159-160), la
copie d'une belle lettre d'éloges cicéroniens, écrite par Olivier à L'Hospital avant que celui-ci fût chancelier; c'est du
moins ce que nous apprend une note qui paraît de la main
de Morel. Olivier débute ainsi : Janus tuus Morellus, imo
et noster maxime, tuam nobis epistolam reddidit, versibus
conscriptam plane tuis, sed in queis te ipsum quottidie
superas... Ex Leonvillano nostro, xvij cal. augusti.

[2] Parmi ces vers dont Olivier fait un si pompeux éloge,
figure un sonnet, le CLIVe, qui lui est adressé : le poète le
compare à Scipion et le loue d'avoir eu le courage de
quitter la cour, en pleine prospérité, pour aller vivre dans
sa terre de Leuville, près Montlhéry, et s'y consacrer aux
lettres.

[3] L'original porte « hiis ». Plus loin : « que, grecè, pres-
tare, etc. ».

scribit, nisi ab eo praestari non posse, qui sit varia ac multiplici eruditione, judicio autem pereleganter perpolitus. Nam selectissimum illum Gallicæ dictionis nitorem ac perpetuam quamdam in illa lingua gratiam, qui talem vel polliceatur vel jam jam re ipsa praestet, nondum quemquam hactenus legere contigit. Tu hunc meo nomine plurimum salvere jubebis. Opto homini fortunam tali ingenio dignam, nam, vel invita illa, clarus ac illustris evadet. Quod si fortunæ nihil accesserit, certe illius ipsius magno probro vel potius ingenti summatum virorum pudori futurum est. Bene vale. 4° Kal. septembris [1].

Vostre bon frère et amy,   F. Olivier.

(Au dos) : Monsr Monsr de Morel, mareschal des logis de Madame Marguerite, Duchesse de Berry [2].

---

[1] Dans le recueil des poèmes latins de Du Bellay (*J. Bellaii Andini poematum libri quatuor... Parisiis*, 1558), où la partie latine de cette lettre se trouve reproduite, elle se termine ainsi : Ex Leonvillano nostro, quarto Cal. Septembr. M.D.LVIII.

[2] Morel a ajouté : « Main propre de Monsieur le chancellier Olivier. »

11 — JACQUES DU BELLAY A JOACHIM DU BELLAY [1]

Mon cousin, je receu à ce matin ung lectre du
selleur de Monsr de Parys, la quelle je n'ay voulu
monstrer à mondict s[r] de Parys, sçachant bien
qu'il[2] ne se pouroyt contenyr, luy voulant fayre
telle injure que, en l'aage où il est et estre ce
qu'il est, luy vouloyr bailler[3] la loy, chouse que
je m'asseure qu'il ne l'endurera d'homme du
monde que de Monseygneur le cardynal. Ledict
seelleur m'a mandé que luy avés dict que vous
révoqueryés les vycayres que Monsr de Parys a
créez, après que Monseigneur les a premyere-
ment créez, chouse que je m'assure que ne
sçaryez fayre. Et quant vous vouldrez meptre
cela à exécution, je suys certain que Monseigneur

---

[1] Lettre autographe (Fr. 10485, f. 192). Cette lettre, curieuse par son orthographe bizarre et irrégulière, est de
Jacques du Bellay, baron de Thouarcé, qui fut gouverneur
d'Anjou et panetier du roi Henri II ; il était frère de l'é-
vêque de Paris, dont il prend assez vivement la défense
ici. Son fils René (V. la lettre suivante) fut constitué par
l'évêque, son oncle, héritier de tous ses biens.

[2] L'original porte *qui*.

[3] L'original porte *baller*.

le cardynal vous fera entendre que ce n'est en l'endroyt de Monsr de Parys là où doybvés entreprendre telle chouse. Si vous le faictes, j'en seré mary et vous ausy, et m'en asseure bien, et quant je debveroys passer les montaygnes, j'en parleré a Monseygneur le cardynal, et croy qu'il ne vouldra fayre ceste honnte à Monsr de Parys. Après m'estre recommandé a vostre bonne grace, je pryray Dyeu vous donner sancté. De Lonoye [?], ce xxviiime d'aust.

Vostre bon cousin et amy,   J. Dubellay.

(Au dos) : Monsr de Lyré, mon cousin, à Parys.

III — L'ÉVÊQUE DE PARIS AU CARDINAL DU BELLAY [1]

Monseigneur, tout à ung coup j'ay receu voz deulx lectres l'une du xe, l'aultre du xiiiie du

[1] Lettre autographe inédite. (Fr. 10485, f. 160.)

passé, et jà estoys party de Paris pour aller à Glatigny, Tyron et Montigny [1], qui m'a engardé jousques icy vous avoir peu envoyer voz basgues, desquelles j'en refusoys quattre mille escuz. Je ne sçay si les marchans sont en ceste mesme volunté. J'ay incontinant envoyé vos lectres à Monsr de Goue, et, si ce délibère de vous aller faire service comme je l'ay veu en volunté, par luy je vous envoyray vos dictes basgues, sinon ce sera par voye seure. Vos lectres sont allées seurement à Monsr de Lymouges [2], car de bonne fortune il y avoyt de ces gens à Paris, qui s'en alloient après luy. J'ay amené céans à son mesnage madamoyselle vostre niepce, ayant consommé le mariage à Glatigny [3]. S'il plaisoyt à

---

[1] Glatigny, Tiron et Montigny sont dans le Perche, au diocèse de Chartres. C'est au château de Glatigny, près Montmirail, que naquit l'aîné des Du Bellay, Guillaume, seigneur de Langey.

[2] Sébastien de l'Aubespine, frère de Claude de l'Aubespine, secrétaire d'État, est surtout connu par son ambassade près de Philippe II; « *regere cœpit episcopatum Lemovicensem 1559.* » (*Gall. Christ.* t. II, 540 B). Il mourut en 1582. V. *Négociations, lettres et pièces diverses relatives au règne de François II, tirées du portefeuille de Sébastien de l'Aubépine...*, par Louis Paris. Paris, Impr. royale, 1841.

[3] Il s'agit du mariage de René du Bellay, baron de la

Dieu luy faire ce bien, et à nous, de vous ramener par deça, luy faisant, et à nous, ceste honneur
la voyr en son mesnage, je m'asseure, Monseigneur, qu'auriés grand contentement d'elle :
passant à Montigny, mon frère et moy y avons
séjourné trois jours, pendant lequel temps avons
parlé à la dame de Boutigny[1], qui prétend la
moytié de toute la terre de Montigny, les acquestz
et deniés dotaulx distraictz qui appartenoyent à
feu Monsr vostre frère, par achapt qu'il avoyt
faict de Barbe d'Houarty, veufve de feu Léonard
de Feuly, parce que feu mondict s[r] vostre frère,
avoyt tousjours tenu le chasteau et empesché
ladicte dame de Boutigny d'y entrer, combien
qu'elle fict ses effors d'y vouloir entrer. Despuys
sa mort, je y avoys envoyé gens de renfort, pour
semblablement l'empescher, qui venoyt à grands
frais et en danger de quelque follye. Or, Monseigneur, après avoyr eu plusieurs propos ensem

Lande, fils de l'auteur de la lettre précédente, avec la nièce
du cardinal, Marie, princesse d'Yvetot et dame de Langey ;
la jeune femme était fille de Martin du Bellay, mort quelques mois auparavant, le 9 mars 1559. Cette union resserra
les liens qui unissaient les adversaires de Joachim au puissant protecteur dont ils lui disputaient la confiance.

[1] Boutigny, près de Dreux.

ble, nous avons faict ung accord par provision que le chasteau vous demeure et les acquestz, et oultre la moytié de tout le revenu, et à elle l'aultre moytié, dont elle jouira par main de commissaires, et les débatz à qui il appartiendra le total chasteau (par ce qu'elle prétend y avoyr la moytié), l'assignat des deniés dotaulx et aultres différens sont remys à Paris, où elle se y doibt trouver avec son conseil, à Pasques, pour les vuider sans procès, s'il est possible. Voilà, Monseigneur, ce que avons peu faire, mon frère et moy, pour le présent et pour le mieulx. J'ay bien ceste espérance que, la menant comme je la cognoys, que le chasteau vous demeurera, ensemble toute la justice et chastellenie, en luy baillant quelque récompanse en domaines, chose qui est fort aisée, sans rompre ceste belle terre. Je vous advertyray de tout, pour sur ce recepvoir voz commandemens. Je vous supply, Monseigneur, ne troulver mauvays si je me suys ung peu absenté de Paris, tant pour le maulvays aer qui y est, que pour mes aultres affaires. Je croy que si j'estoys à Paris, je seroys malade pour la puantisse de la rivière.

Quant à Sainct Maur, il y a eu tousjours des

hostes [1]. Il est mort ung de voz chanoines,
nommé de Pardieu, nepveu de Monsr le cardinal
de Meudon [2]. Monsieur de Thou vostre chanoine
et vicaire, en a faict la collation au filz de
Monsr de Saveuse. Si Gallandius est mort, je n'en
sçay encores rien. Ce sera pour Monsr Nicayt,
suyvant vostre commandement. S'il en vacque
d'aultres, je vous supply me commander à qui
voulés qu'elles soyent baillées. L'on m'a de
Paris escript que le procureur général du Roy a
lectres de la Royne pour avoir la première. Je ne
sçay si l'on vous en aura escript, aussi qu'il vous
plaist qu'on face des dignitez s'il en vacque. Il y
en a qui sont malades et bien décrépités. Passant
à Tyron, j'ay donné bonne ordre à tout mon
voiage ; y estoit nécessaire. A Bourdeaulx [3], si je
suys contrainct d'y aller, je mettray voz affaires

[1] Le château de St-Maur-des-Fossez avait été commencé
sur les plans de Philibert de Lorme, par le cardinal du
Bellay, alors qu'il était évêque de Paris et doyen du cha-
pitre de St-Maur. Catherine de Médicis l'acquit d'Eustache
du Bellay, en 1563, et le fit continuer.

[2] Ce fait et les suivants sont mentionnés dans les lettres
IX et X de Joachim.

[3] Depuis la mort de François de Mauny, l'archevêché de
Bordeaux était revenu entre les mains du cardinal. V. p. 11,
note 1.

en repos, les ayant bien acheminées. Quant aulx prébendes de vostre église qui pouront vacquer, il y a l'advocat du Mesnil[1] ou Sainct Ayl[2], qui a grand envye d'en avoir une, ainsin que m'a dict ung conseiller de la court de Parlement, allié de sa fame, qui faict ses affaires. Aussi il y a l'archidiaconé de Montfort, au Mans, qui a vacqué despuys ung an. Ceste archidiaconé et une prébende de Paris feroient ung bon appointement pour ce que prétend ledict Sainct Ayl.

[1] Jean-Baptiste du Mesnil, avocat du roi au Parlement depuis 1556, un des magistrats les plus intègres et les plus lettrés du XVI⁰ siècle. V. Sainte-Marthe. *Elog. Lib. II.,* p. 49.

[2] Le seigneur de Saint-Ay, près d'Orléans, est nommé par Rabelais parmi les familiers qui assistèrent, en 1543, aux derniers moments de Guillaume du Bellay, seigneur de Langey, frère aîné du cardinal. (*Pantagruel,* Liv. IV, ch. XXVII). Il en fait aussi mention dans une lettre au cardinal du Bellay, du 6 février 1547, publiée pour la première fois par Libri dans le *Journal des Savants* (janvier 1841). D'après une note de MM. Burgaud des Marets et Rathery (*Œuvres de Rabelais,* 2⁰ éd., t. II, p. 625), ce seigneur de Saint-Ay aurait été Orson Lorens, écuyer. Il est encore nommé dans une lettre inédite et sans date de René du Bellay, évêque du Mans, à propos de la sépulture de Mʳ de Langey : « Monsʳ, depuys ma dernière lectre, j'ay receu deux des vostres, l'une du xxv, l'aultre du xxvi⁰ du moys passé. Pour responce quant à la sépulture de feu

Monseigneur, après avoir présenté mes très humbles recommandations à vostre bonne grace, je pry le Créateur vous donner en santé très longue et très heureuse vie. De Gizieulx [1], ce xxᵉ de septembre 1559.

Vostre très humble et très obéissant nepveu et à jamays serviteur,   Eustache Dubellay.

(Au dos) : A Monseigneur.

— IV — L'ÉVÊQUE DE PARIS A JOACHIM DU BELLAY [2]

Monsieur mon cousin, j'ay receu deux de voz lectres l'une du dernier d'aoust, l'aultre du XVIᵉ

mon frère, St Ayl n'en sçait, sinon ce que je vous en ay desja mandé. J'ai eu des lectres de Rabelays qui ne m'en escript rien... » (Fr. 10485, f. 167).

[1] Giseux, en Anjou, seigneurie de la maison du Bellay. Eustache du Bellay s'y fit enterrer dans une sépulture de famille.

[2] Lettre autographe. (Fr. 10485, f. 162).

de ce moys. Quant à la première où m'escripvez des colères de monsᵣ du Bellay, à tous le moings que vous les baptizés telles, je ne vous y fays response. Si vous pansez y gangner quelque chose, adressez vous à luy. Il a esté par le monde pour vous sçavoir respondre. Quant au second article de vostre dicte lectre, vous n'aurez aultre chose de moy sinon que j'ay les cheveulx gris. Je n'aprandré de plus jeunes que moy, et qui n'entendent si bien mon estat et ce que je doibs, à me gouverner par leur oppinion. Quant celluy qui a toute puissance de me commander me aura baillé la loy, je luy obéyray et non à aultre. Quant à vostre seconde lectre du XVIᵉ de ce moys, par laquelle me mandés qu'avés communicqué à mon scelleur une lectre de monseigneur le Cardinal, puis me parlés des bénéfices vacqués et prestz à vacquer, je suys d'un lieu duquel vous estes sorty, là où les gens ne se veullent avoir par audace et aucthorité, mais par amytié ne refusant jamays à faire plésir. Les vaccations advenuees dont m'escripvés, moy estant à Paris de retour, nous en ferons bien ensemble au contentement de monseigneur le Cardinal et de vous et de moy. Ce sera au plustost que je pouray, acheminant

mes affaires pour ceste effect chascung jour. Après
m'estre recommandé à votre bonne grace, je pry
le créateur, mons^r mon cousin, vous donner en
santé très bonne et longue vie. Du Plessis, ce
xxixe de septembre 1559.

Vostre meilleur cousin et amy a vous faire à
jamays plésir,

Eustache Dubellay, E. de Paris.

(Au dos) : A mons^r mon cousin mons^r de Liray,
à Paris.

V — L'ÉVÊQUE DE PARIS AU CARDINAL DU BELLAY[1]

Monseigneur, je vous ay escript du XXIIIe du
passé et envoyé deulx moys de vostre ordinaire,
sçavoir décembre et janvier, et par mesme dépes-

[1] Lettre autographe inédite (Fr. 10485, f. 163).

che vous ay envoyé voz deulx basgues, l'émeraude et le rubis. J'estime, monseigneur, qu'aurés receu le tout et seurement pour estre bien obligé le banquier Didato de ce faire. Aussi, monseigneur, je vous ay escript des trois prébendes vacquées en vostre église de Paris; l'une desquelles a esté baillée à mons[r] de Saveuse; l'aultre, personne ne s'est trouvé pour mons[r] Nicquet; et ce pendant un Régaliste [1] estoyt prest à le faire recepvoir, estant icelle prébende en Régale non encores assopie, qui estoyt celle de Gallandius. Quoy voyant, mons[r] de Lyray a esté d'advis la bailler à mons[r] l'advocat du Mesnil, qui la défendra, et par ce moyen demeure paisible du tout mons[r] de Lyray pour la chanterie. L'aultre elle est en main seure [2], pour en disposer ainsin qu'il vous plaira commander, soyt pour mons[r] de Nicquet qui m'en a escript à ceste fin du xvie du passé, soyt à mons[r] de Lyray qui la demande [3].

---

[1] Le régaliste était celui qui était pourvu par le roi d'un bénéfice en régale; il pouvait céder son droit à un autre régaliste. V. sur la nature de la prébende de Galland la lettre IX et la note.

[2] Entre les mains d'un commendataire.

[3] Si Joachim du Bellay demandait une prébende, c'est qu'il n'était point, quoi qu'en disent les témoignages con-

Je vous supply, monseigneur, me mander à qui je la bailleray affin que ne l'ung ne l'aultre s'en prène à moy. Si je ne voys vostre commandement, elle demeurera tousjours où l'ay mise, attendant qu'il vous plaise en ordonner.

Monseigneur, après avoir présenté mes très humbles recommandations à vostre bonne grâce je pry le Créateur vous donner en santé très longue et heureuse vie. De vostre maison de Gizieulx le x⁰ de novembre 1559.

> Vostre très humble et très obéissant nepveu et à jamays serviteur,
>
> Eustache Dubellay.

(Au dos) A Monseigneur.

temporains, chanoine de Notre-Dame. M. Revillout a déjà fait cette remarque à propos de la lettre de l'évêque de Paris du 28 décembre.

VI — JACQUES DU BELLAY AU CARDINAL DU BELLAY [1]

Monseygneur, j'é veu par ugne lectre que vous avez escripte à Monsr de Parys, usant de vostre acoustumée bonté envers les vostres, d'avoyr pytyé des affligiés pour la faveur que ont maintenant mes partyys adverses, dont je vous mercye très humblement. Je sçay que, si Dyeu m'avoyt tant délayssé d'avoir faict offence aus hommes, je ne seroys oublyé ; mays, grâce à Dyeu, je ne les ay jamays offencé, et me confye en Dyeu et la justice de ma cause, et s'il lui playsoyt permeptre vostre retour en France à vostre contentement, je seroys guary de toutes mes maladyes, vous fayzant toute ma vie service comme je doy, et avoyr cest honneur vous voyr en ungne maison, en laquelle il vous a pleu loger madamoyselle votre nyepce [2], de la quelle je ne me puys garder de vous dyre que elle seulle suffist pour m'empescher d'avoyr ennuy.

[1] Lettre autographe (Fr. 10485, f. 193), du même auteur que la lettre publiée à l'Appendice II.

[2] Il parle de sa belle-fille, Marie du Bellay, nièce du Cardinal. V. Appendice III.

Madamoyselle de Boutygny presse de meptre fin au partage de la terre de Montigny[1], la moytyé du chasteau et du revenu luy en apartyent par la coustume, hors mys les acquests et les denyés dotaulx de la feu dame d'Ouarty. Je vous supply mander ce qu'il vous playra en estre faict, car, pour tous les biens du monde, je ne voudroys vous déplayre. Je ne vous enuyré de plus longue lectre sçachant bien que avés de plus grandes affayres, suplyant le Créateur, Monseygneur, vous donner en sancté heureusse et longue vie. De la Fuellée[2], ce xxiiiᵉ de décenbre.

Votre très humble et très obéyssant serviteur et nepveu,

J. Dubellay.

(Au dos) : A Monseygneur Monseygneur le cardynal du Bellay, à Romme.

[1] V. sur cette affaire Appendice III.
[2] La Feuillée, dans le Maine, seigneurie de la maison du Bellay.

VII — L'ÉVÊQUE DE PARIS AU CARDINAL DU BELLAY [1]

Monseigneur, pour respondre à vostre lettre du
jour Sainct Luc, en octobre dernier, j'ai envoyé
vers Monsr du Mans [2] pour de luy entendre ce
que me mandés par vostre dicte lettre en ces motz :
quant à Sainct Ayl [3], c'est à Monsr du Mans à y
satisfaire. Je veulx en estre résolu. Je n'ay encores
eu sa response; incontinent que l'auray, je la vous
envoyray, et ce pendant je ne puis parler audict
Sainct Ayl, pour lequel contenter vous avés ung
archidiaconé en vostre diocèse du Mans de val-
leur de quatre à cinq cens livres ainsi qu'on m'a
donné à entendre. Davantaige, Monseigneur,
vous avez ceste tierce prébende de Paris, s'il ne
vous plaist la bailler à l'ung des deulx de mess[rs]
de Lyray et Nicquet, dont j'attens vostre commandement pour n'estre en malle grace ni de l'ung ni
de l'aultre. Au pis aller, Monseigneur, la première

----

[1] Lettre autographe (Fr. 10485, f. 164).

[2] Charles d'Angennes « Cenomanensi donatus cathedra
anno 1556... munus adiit 22 octobris 1559. » (*Gall. Christ.*,
t. XIV, 414 D).

vaccante, si vostre plaisir est la luy donner je croy qu'il s'en contentera : toutesfoys, pour en estre plus asseuré, je le vouldroys sçavoir de luy, ce que je scauray par moyens, ayant entendu la response de mondict Sr du Mans.

Monseigneur, quant à Monsr de Lyré, si j'ay pansé qu'il ayt esté cause de me mettre en vostre malle grace, ce n'a esté sans demonstration que luy mesmes en a faict de la faire cognoistre : vous supplyant, Monseigneur, ne trouver maulvays si je ne me puys tant commander de faire bon visage à ceulx qui ne veullent faire tel tort sans que j'aye jamays songé de le mériter. Mais pour cela il ne sçauroyt dire que j'aye prins l'esprit de vengence contre luy, et pour avoir employé ceulx qu'avés esleuz à votre service (comme Monsr le Trésaurier de Thou), ce n'est pas commettre voz affaires à mes varletz[1]. Et ce que je puys de moy-mesmes, je n'y employe personne, Et fault, Monseigneur, que je vous die que, davant mon parte-

[1] Il est certain que Joachim, dans ses rapports avec l'évêque de Paris et dans le maintien de ses droits à l'administration du diocèse, témoigna d'une irritabilité excessive. Les termes dont il paraît s'être servi vis-à-vis de ses collègues, les chanoines et vicaires de Paris, en sont une

ment de Paris, il estoyt du tout sourd, comme il est de ceste heure, sans quasi aulcune espérance de guérison. Scripto est agendum et loquendum cum illo. Et, au temps qui court, il est besoing avoir gens cler voyant et oyant mesmes pour le faict de la religion, et en l'estat qu'il est, ce luy est chose impossible d'y vacquer. Quant aulx trois mille livres de bénéfices[1] que luy avés donnés, ce n'est à moy, Monseigneur, de retrancher vos bien-ffaictz en son endroict, mais plustost je les vouldroys alonger, si j'avoys le moyen et d'effet et d'affection. Luy mesmes sera tesmoing combien et quantesfoys j'ai escript à Monsr de Saincte Croix[2] pour le prieuré de Bardenay[3] près Bourdeaulx que luy avez donné, et y fays tout ce que je puys. Quant il vous plaira entendre ce qu'il a eu, le me commandant[4], je le vous feray sçavoir au vray.

preuve. On trouverait son excuse dans l'état de santé dont Eustache du Bellay fait plus loin un si triste tableau.

[1] L'aisance de Joachim est attestée par ce chiffre considérable de revenus ecclésiastiques; cela ne l'empêchait pas, on le voit, de demander encore une prébende.

[2] L'abbé de Sainte-Croix, à Bordeaux, était alors Auger Hunaut de Lanta, qui occupa ces fonctions de 1553 à 1565 (*Gall. Christ.* t. II. 865 C).

[3] Serait-ce Verdelais, où se trouvaient des Célestins.

[4] Le ms. porte « commandement », qui n'offre aucun sens.

Quant à Madamoyselle de Villeneufve, je ne scay de quoy, Monseigneur, elle se plainct : ses enfans et filles sçavent assés combien je l'honore et révère et feray toute ma vie. Elle aura tousjours ce que feu Monsr de Langey[1] lui faisoit bailler et y feray du mieulx qu'il me sera possible. J'estime que de ceste heure vous aurés long temps areçeuz voz basgues. Je vous envoye une lettre de bancque de douze cens escuz, port et change payés, pour vostre moys de febvrier.

Monseigneur, après avoir présenté mes très humbles recommandations à vostre bonne grace, je pry le Créateur vous donner en santé très longue et très heureuse vie.

De la Fueillée, au pays du Maine, ce XXVIIIe de décembre 1559.

Votre très humble et très obéissant nepveu et à jamays serviteur, Eustache du Bellay.

---

[1] Martin du Bellay, seigneur de Langey depuis la mort de l'aîné de la famille, en 1543, était mort le 9 mars 1559.

VIII — CHARLES FONTAINE A JEAN DE MOREL [1]

Monseigneur et bon amy, sachez que je vous
ay escript deux ou trois foys depuis mon partement, et esperois tousjours (comme encore j'espère) faire en brief un voyage a Paris et là vous
voir et faire mon debvoir envers les amis ; mais
je ne sçay comment s'est faict que le temps s'est

[1] Lettre autographe inédite (Lat. 8489, ff. 61-68); v. plus
haut, Introd. p. 18. Le papier est déchiré en plusieurs en-
droits; quand j'ai pu remplir les lacunes, j'ai mis les mots
suppléés entre crochets; dans le cas contraire, on trouvera
des points. — Charles Fontaine, né à Paris en 1515, établi
en 1540 à Lyon, où il se maria deux fois, mort vers la fin
du XVIe siècle, a joué un certain rôle parmi les poètes du
temps, surtout à l'époque de la publication du livre dont
il récuse la paternité dans cette lettre. Il se réconcilia bien-
tôt avec la Pléiade, et on trouve des dédicaces à Ronsard,
Dorat, Baïf, Belleau, Jodelle, et à tous les autres poètes du
groupe dans le recueil intitulé : *Sensuyvent les ruisseaux de
fontaine, oeuvre contenant Épitres, Élégies...... et Estrenes
pour cette présente année 1555. Par Charles Fontaine, Pa-
risien.* Lyon, Th. Payan, 1555. Page 199 figure même un
quatrain *à Joachim du Bellay, Seigneur de Gonnor.*
D'autres dédicaces à Du Bellay et à la Pléiade trouvent
place dans le recueil publié par Fontaine en 1557 et intitulé *Odes, Enigmes et Epigrammes...* (Lyon, Citoys).

coulé et les affaires m'ont retardé jusques a présent que j'ay receus unes vostres lettres uniques depuis deux ans passez, en date du xiiij° mars dernier, par lesquelles en premier lieu usez de prière et trop grande humiliation en ce qui n'estoit besoing, et cela appartiendroit mieulx a moy envers vous, comme vous entendez, qu'au contraire. Or bien soyez très asseuré que je n'y vouldroye faillir ny en plus grand chose pour vous, comme j'y suys tenu ; et suys allé a ce matin a la Teste noire, ou n'ay trouvé vostre porteur qui bailla hier voz lettres a ma femme, moy estant [absent]. Mais j'y retourneray a l'yssue du disner. C'est quant à ce p[oint].

Quant au second point de voz lettres, par lequel m'advertissez que vous estes employé en mes affaires par dela, je vous sçay gré, et vous en suys attenu plus grandement que de chose qu'ayez onc faict pour moy par cy devant. Mais puisque ja avez tant fait pour moy et me monstrez encore amitié si grande par voz lettres qui sont fidèle tesmoing de vostre noblesse de cueur, laquelle avec vostre cler esprit vous tient en grand estime et reverence a l'endroit de toutes gens amateurs de la vertu, de la bonté et des lettres. Je vous vueil aussi advertir de quelque chose qui concerne mon nom et honneur et vous prier m'y aider et pour la raison. Car soyez asseuré qu'a tort et sans cause l'on me charge par dela d'avoir fait un petit traicté intitulé Quintil sur la Deffence et illustration de la langue françoise[1], et en ay jà y a environ trois sepmaines que j'en ay escrit response, et m'en suis purgé a

[1] *Le Quintil-Horatian sur la defense et illustration de la langue françoise.* Lyon, 1551, in-8°, anonyme. Telle est l'indication que donne le *Manuel du Libraire.* Ni Brunet, ni aucun de ceux qui ont cité ce livre ne me paraissent avoir eu entre les mains cette édition originale; je n'ai pas été plus heureux. Il portait à la dernière page le quatrain suivant :

LA FONTAINE A I. D. B. A.

> Iamais si tost ne t'aura
> Claire eau de ma fontaine vive,
> Que legier feu esteinct sera
> De l'huyle obscur de ton olive.

L'auteur a pris pour titre le nom même de ce Quinctilius dont parle Horace dans l'*Épitre aux Pisons* (v. 438 et sqq. Quinctilio si quid recitares...), comme d'un censeur impitoyable, mais utile, des œuvres poétiques de ses amis; la *Défense* avait rappelé ce souvenir au ch. XI de la 2e partie. Le *Quintil* a été joint, à partir de 1555, toujours sans nom d'auteur, à l'*Art poëtique françoys* de Thomas Sibilet. — Le manifeste de la Pléiade avait pour titre : *La Deffence et illustration de la langue françoise par I. D. B. A.* Paris, Arnoul l'Angelier, 1549, petit in-8°. La

monsieur le Prevost du Fort l'Evesque qui
m'en avoit fait advertir, comment cela estoit mal
prins et a mon desavantage. Sachez donc et main-
tenez franchement contre tous que je ne suis auteur dudict Quintil, mais le principal du collège
de ceste ville, lequel me pensant faire plaisir y ad-
jousta et feit un quatrain en la fin ou il a mis mon
nom dessus [1]; dont l'on a prins l'occasion de m'estimer l'auteur dudict Quintil precedent ledict qua-

Défense était précédée d'une épître datée du 15 février
(15 février 1550, nouv. style), et suivie de l'*Olive*, qui portait un titre spécial, la même date, et les mêmes initiales
I. D. B. A. (Joachim Du Bellay, Angevin). Le nom de
l'auteur était trahi seulement par les distiques grecs et latins de Dorat qui figuraient en tête de la *Défense* et de
l'*Olive*. L'auteur du *Quintil* s'égaye fort au dépens des initiales mystérieuses et leur cherche mainte explication :
« ... ou bien fault dire (ce qui est le plus vray semblable)
que tu te contentes ton surnom estre declaré expres-
sement par les deux tresdoctes et bienfaictz épigrammes
grec et latin de ton amy Dorat. Mais cela ne doibt
suffire, car tous les lecteurs Françoys ne sont pas
grecs et latins. » Toutes les critiques du *Quintil* ne sont
pas aussi superficielles et ce petit livre n'est point sans
valeur.

[1] Le principal du collège de la Trinité à Lyon fut, de
1542 à 1565, Barthélemy Aneau, qui a fait imprimer un
certain nombre de vers latins et français. C'était un ami
de Clément Marot et de Charles Fontaine. On comprend

train, qui toutesfoys ne sera point estimé estre
sorti de moy ny sentir ma veine à tous qui avec
bon jugement y adviseront de près, ny aussi plusieurs choses qui sont dans le corps dudict Quintil. Et davantage quant ledict quatrain ou est
mon nom seroit mien (ce qu'il n'est, et vous jure
mon Dieu que jamais je n'y ay pensé ny n'en ay
jamais escript ny composé un seul vers ny une
seule lettre), s'ensuit il qu'il faille incontinent et
legerement juger et conclure : ergo le Quintil qui
precede ledict quatrain est dudict Fontaine? Mais
pourquoy donc (respondra un homme de bon
jugement) et plus tost ne mettoit ledict Fontaine

que ce dernier le choisisse pour lui renvoyer la responsabi-
lité du pamphlet; mais aucun bibliographe jusqu'à présent
n'a fait à Aneau un pareil honneur. Le démenti, d'ailleurs
assez entortillé, que contient cette lettre, ne paraît pas
avoir été écouté de son temps. La Croix du Maine (I,
p. 107) cite sans hésiter le *Quintil* parmi les œuvres de
Fontaine. Depuis Colletet et Ménage (*Menagiana*, 3e éd.,
1715, t. III, p. 322), jusqu'à MM. Egger (*L'Hellénisme en
France*, 1869, t. I, p. 184) et Marty-Laveaux, personne
n'a émis de doute sur cette attribution. Le dernier éditeur du livre, M. Em. Person, ne la discute pas davantage. V. *La Deffence reproduite conformément au texte
de l'édition originale... et suivie du Quintil Horatian
(de Charles Fontaine)*. Bibl. historique de la langue française; Versailles et Paris, 1878, in-8°.

son nom devant ledict Quintil, que le Quintil estant fini le mettre sur un Quatrain seul, qui ne
correspond au Quintil qui est en prose, mesme attendu qu'il semble par ledict quatrain qu'il ayt
promis et produit au dessus une oeuvre poetique
par laquelle il se veuille donner gloire qui effa-
cera l'Olive? Je croy que vous et tout homme de
bon esprit qui m'a congneu dedans et dehors, ou
seulement dehors, par mes petites oeuvres juvé-
niles, ne m'estimera point si arrogant et immodeste que ledict Quatrain sonne.

Il y a plusieurs autres raisons que je diray
paraventure quelque jour plus amplement, fai-
sans du tout au contraire de l'estime que d'aucuns
ont que soys auteur dudict Quintil; mais à présent pour n'estre trop long je vous en diray encor
une, que bien prendrez ou je suis bien deceu.
Vous sçavez, Monsr et amy, que j'ay souvent et
fort debatu avec vous que feu Monsr de Langey
(quem ego virum honoris causa nomino) n'estoit
autheur d'ung livre qu'on [luy attri]buoit, ductus
vel sola hac ratione, que l'autheur dudict [livre
louoit] bien fort Monsr de Langey, et qu'estoye
en ceste opinion que [ledict] seigneur n'eust esté
si immodeste de se louer tant en un sien livre et

en tierce personne [1], qui me semble chose tres
mal consonnante et conforme a tout bon autheur
qui veult tenir sa reputation, et a toute bonne
œuvre escrite : or est-il que l'autheur dudict
Quintil en certain passage extolle la Fontaine
pour abaisser un autre et en parlant de Fontaine
en tierce personne, ce que jamais je ne ferois
pour les raisons que je debatois avec vous a
l'honneur de Monsr de Langey, comme j'ay dit.
Pour conclusion, vous povez penser si je suis
joyeux, id est que je suis bien fasché d'avoir esté
nommé et imprimé en un bel quatrain qui n'est
mien, et au moyen de quoy l'on pense que je
soys autheur du Quintil. Il est vray aussi que

[1] Guillaume du Bellay, seigneur de Langey, parle de
lui-même à la troisième personne dans ses *Ogdoades*;
mais, si c'est de cet ouvrage qu'il s'agit dans la lettre de
Fontaine, celui-ci a dû le voir en manuscrit, car il n'a été
imprimé qu'en 1569, à la suite des mémoires de Martin
du Bellay : *Les Mémoires de Martin du Bellay, seigneur
de Langey, contenant le discours de plusieurs choses ave-
nuës au Royaume de France depuis l'an MDXIII jusqu'au
trépas du roy François premier, ausquels l'autheur a inséré
trois livres et quelques fragments des Ogdoades de Guill.
du Bellay... son frère, œuvre mis nouvellement en lumière
par René du Bellay, baron de la Lande...* Paris, P. L'Huil-
lier, 1569, in-fol. Fontaine a inséré dans ses *Ruisseaux*
une pièce *De la mort de Monsieur de Langey* (p. 121).

l'on pourroit penser que je seroye fasché de quoy l'autheur de l'Illustration auroit ainsi escript : « O qu'il me tarde que je voye secher ces prim temps, tarir ces fontaines [1] ; » mais je vous asseure que non suis, tant pource que je doubte s'il entend taxer ma Fontaine d'amour [2] ou quelque autre livre qui seroit nommé les Fontaines, car il ne dit pas « tarir ceste fontaine » ; comme aussi parce que je ne fay pas cas de madicte Fontaine, qui est seulement mon adolescence que depuis j'ay recourue, et..... en vouloir ny pensement d'escrire contre ledict ..... ceste occasion, et en

---

[1] Voici le passage de Du Bellay (*Défense et illustr.* Livre II, ch. XI) : « O combien je désire voir sécher ces printens, chatier ces petites jeunesses, rabbattre ces coups d'essay, tarir ces fontaines, bref, abolir *tous* ces beaux tiltres assez suffisans pour dégouter tout lecteur sçavant d'en lire d'avantaige. » — « Envieux souhait! » répond le Quintil, « par lequel tu désires les œuvres d'autruy estre anéantiz, qui ne sont moins dignes de durée que les tiens, et te mocques de leurs tiltres qui sont modestes, et non ambitieux comme le tien, et ne dégoustans les lecteurs (comme tu dis), mais plustost les invitans. »

[2] *La Fontaine d'amours, contenant elegies, epistres et epigrammes.* Paris, J. de Marnef, 1546, in-16 ; sans nom d'auteur. Je ne sais pourquoi tous les annotateurs de Du Bellay parlent, à propos de ce passage de la *Défense*, des *Ruisseaux de fontaine* postérieurs de plusieurs années.

quelque sorte qu'il entende ce passage ; car aussi
j'ay bien d'autres pensemens en ma teste. Il est
vray que qui me taxeroit impudemment et nom-
meement, certes adonc je voudroys abandonner
tous les présens pensemens et affaires pour ne
prendre ung autre nouveau, a sçavoir de contr'escrire, me deffendre et purger, avec toute modestie
toutesfoys, au moins autant qu'il me seroit natu-
rellement possible. Je suis trop long, mais je
vous pry m'excuser et soustenir fort et ferme
contre tous que je ne suys auteur ny du Quintil
ny du Quatrain qui est apres, et que l'on y vise
de pres. En cest endroit me recommanderay a
vostre bonne grace et a la damoiselle de voz
biens, que Dieu gard et vous et les vostres et
siens. Il vous plaira faire mes[1] recommandations a
mess[r] les conseillers du Lyon et Verins et a mon s[r] de
Villaines, quant l'occasion se trouvera, sans ou-
blier les autres que sçavez estre de ma cognois-
sance, mesmement Monsr de Belle Isle et Monsr
Chesneau[2], auxquels vous plaira dire que j'espère

---

[1] Fontaine a écrit *me*.

[2] Dans les *Ruisseaux* cités plus haut, on trouve une
dedicace « à Monsieur du Lyon, conseiller au Parlement
de Paris » (p. 167), une autre « à Monsieur de Belle Isle »

estre bien tost a Paris, ou, si en brief je n'y voys,
qu'ilz auront de mes nouvelles.

C'est de Lyon ce viij april par

Celui qui est vostre entierement,

Charles Fontaine.

(Au dos) : Monsr de Morel[1].

(p. 193), une enfin « à Louis Chesneau, lecteur en Hébrieu,
à Paris » (p. 202).

[1] Le *de* est en surcharge ; v. plus haut p. 45, note 2.

TABLES

TABLES

I. TABLE DES MATIÈRES

II. TABLE DES NOMS DU SEIZIÈME SIÈCLE

IMPRIMÉ

PAR P. MOUILLOT

A

PARIS